❽ 喋血老树妖

四海为仙

管平潮 ◎ 著

浙江文艺出版社
Zhejiang Literature & Art Publishing House

目录

第一章
好梦难通，错落巫山云气

"好小子！刚闯了祸就想脚底抹油？"

正当小言跟灵漪儿道过别，唤过雪宜、琼容，转身就想离去时，忽听身后有人大叫。闻言回过头来一瞧，却发现江洲外烟水中正有一褐衣老头踏水而来。

"这是……"小言看过去正好逆光，只见满目粼粼水光，一时也没看清楚是谁。

正当他极目观瞧时，却听得身前女孩叫了声："爷爷！"

然后灵漪儿便蛱蝶穿花般飞奔着迎了过去。

"呀！是四渎龙君驾到了！"心中刚升起这个念头，四渎龙君云中君便到了小言眼前。

到了这沙洲上，满面红光的夔铄龙君，故意不理自己的宝贝孙女，脚下一滑，绕过灵漪儿，径直来到小言面前。

两年多后再次相逢，这位当初赠笛赠谱的四渎龙君，仍是一副乡间寻常老头的打扮，一身简短褐麻衣裤，腰间随便束着一根黑色绦带，裤脚卷到膝盖。若不是他手中还挂着一根青藤缠绕的古木灵杖，旁人见了他这身衣装打扮,还会以为是谁家老翁刚从水田里干活归来。

再次见到自己的恩人,小言正是心情激荡,便要弓腰作礼。不过还没等他低头,云中君便一把把他拦住,大声嚷嚷道:"先别忙着作揖打躬说好话,我来问你——"

老龙君好像非常气愤:"你这浑小子,现在本事长了,就敢拐跑我宝贝孙女,还弄丢我四渎传家宝甲!"

"爷爷!"听爷爷满口胡说,灵漪儿不禁又羞又气,满脸通红,跺着脚不准他再说。

见她真要生气,云中君哈哈一笑,便不再打趣,只是心中忖道:"漪儿是真长大了。往日如此取笑她,她早就冲过来拔我胡须了,今天在这少年面前,竟变得这样规矩有礼了……"

心中这么想着,再看看眼前的小言,见他被自己刚才那番话说得满脸通红,正嗫嚅着不知如何答话。

他身边那两个女孩,年长的那个正缀在小言身后,见了有生人来,便微微垂下眉,只管站在小言身后一言不发;身旁那个年纪幼小的女童,则是一双水灵灵的大眼睛溜溜直转,好奇地望着自己,眼神中隐隐有好几分警惕。

"这俩小娃儿,倒是忠心!"感觉出雪宜、琼容听过自己的责怪话后生出戒备警惕的气势,云中君不禁暗暗称奇。

大感兴趣时,见小言仍自尴尬无措,云中君便哈哈一笑,一振手中拐杖,将杖头那只硕大的酒葫芦在他眼前晃了晃,大笑道:"张家小哥,刚才那只是说笑。上次在饶州稻香楼,咱们在一起真是喝得痛快淋漓!今天既然遇着,咱爷儿俩就再去寻个酒肆痛痛快快喝一回!咱们走!"

话音刚落,云中君脚步一滑,转眼间已在数丈之外,浮在江波上朝北岸漂去。此时他手中那根本应竖着拿的拐杖,却打横拎在了手中,就好像横槊大江般浮波而行。

见小言见状有些惊奇,灵漪儿便跟他解释:"我爷爷那根拐杖,其实就是拿着装幌子的,主要是为了挂那个大酒壶!"

"啊,这样啊!"听了灵漪儿的解释,小言有些想笑,又见云中君已漂得远了,便赶紧飞起身形,半漂半浮,掠水直追云中君而去。

见他俩走了,灵漪儿便跟另外两个女孩说道:"我们也去。过会儿,我们别让他们喝太多!"

于是四海堂中的琼容、雪宜也和灵漪儿一起往江北凌波而去。

等她们离水踏上江岸,便看到那一老一少,已在远远那座酒肆中跟她们招手打招呼。

等到了那处,灵漪儿才发现这个路边酒肆极其简陋,与其说是酒肆,还不如说是酒棚。

这棚拿四根粗毛竹竿当墙柱,撑起一块油布做棚顶,就被主人当成了一个路边小酒肆。云中君显然常来这里,现在就像老熟人一样跟面相憨厚的中年酒肆主人打招呼。也不用一脸憨笑的店主招呼,云中君便自己去垆边取过两只粗瓷大海碗,不客气地拿竹筒酒勺自己打满酒,一手一只小心地端回桌上,然后回头跟主人叫了一碟盐煎豆和一碟细切肉。这一老一少二人,便在那张旧方桌边有滋有味地喝起酒来。

开喝之前,云中君还一本正经地跟小言说道:"这家的米酒,很奇怪。按理说他们农家自家酿的米酒,口味都很清淡,但他们家的酒却非常浓烈。为什么会这样呢?这个问题我想了很久都没弄明白,所以经常来这里研究一下。"

云中君跟小言这般解释过,然后便举起蓝边海碗,咕咚一声闷下一大口,哎一声长长出了一口气,然后便眯缝着眼睛,摇头晃脑地品味起口中美酒来。

他醉心品味时,农户出身的老实店主,听了云中君刚才那话,赶紧走过来跟这位老主顾憨憨地说道:"老人家,其实我家米酒做法也不难,只要拿——"

刚说到这儿,他这好心的话便被云中君急急打断:"别!且先别急着说。老丈我遇事最喜欢自己慢慢琢磨,要不了十几年,很快就琢磨出来了!"

说罢,他便赶紧又是一口米酒下肚。

这时灵漪儿和琼容、雪宜也坐了下来,围在另一张稍微干净些的竹桌旁,跟店家要了几杯清茶,点了几样小菜,慢条斯理地吃起来。

小言他们安坐饮食的酒棚,正靠近江边。这时候,正是秋高气爽,水净沙明,靠近酒棚的江岸滩涂中随意生长着一丛丛的芦苇,芦苇的叶色都已变成绛褐,大多都低垂着白茫茫的芦穗,在江风中摇曳。

再往远处看,便是水面开阔的大江。这里已是长江的入海口,从这酒棚望过去,只见一水茫茫,几乎望不见对岸。眼下下午的阳光还好,以小言、灵漪儿他们的目力,还能勉强看见对岸一些民居的淡影,但差不多都只有青螺般大小。

小言与四渎老龙饮酌的这间酒棚,主要是为附近江边那些采沙的汉子提供喝酒歇脚处,现在离他们收工的时辰还早,所以酒棚里除了小言这五个客人,便再无旁人。

又等了一会儿,中年店主惦记着家中场上晒着的稻粮,便跟云中君这位老主顾告了一声,请他帮忙照看小店,然后自己便急急忙忙地回家翻收稻粮去了。

几杯烈酒下肚,身上脸上有了些暖意,云中君心情大为舒畅。转头环顾四方,见酒棚中再无旁人,他便开始追究起这群少男少女贸然深入魔洲之事来。

只不过他才说了几句，还没来得及怎么责怪，灵漪儿便腻了过来，一阵撒娇耍蛮，不停地斟酒夹菜，软硬兼施，就是不让爷爷有空闲责怪。见宝贝孙女这样，云中君没法，闷闷地喝了几口酒，只好挑能说的说。

于是酒意上涌的四渎龙君，便开始跟眼前几个少年人吹嘘起他们此行弄丢的那副魔甲来。

"不就是一副魔族的铠甲吗？"听爷爷夸耀了几句，灵漪儿便忍不住发问。说实话，那副黑魔铠甲虽然是她主张去盗的，但它的来历她自己也不怎么知道。

"那可不是一副普通的铠甲。"见面前几个少年人一脸好奇，老龙君得意地说道，"这盔甲中被我封印了一个厉害无比的大魔头！"

"啊！"听了他这惊人之言，小言几人不禁大为惊异。

只听云中君说道："你们可知八纮西南极地的魔灵一族，魔君魔后魔主之下，还有四大天魔王？"

喝了些酒打开话匣子的云中君，和那些喜欢给后辈讲故事的老人没啥两样，一边抿酒一边滔滔不绝地说道："西南魔疆中，强手无数，计有四大天魔，十二魔帅，七十二魔将。诸魔将帅之首的天魔王，分别号为善思天魔、守神天魔、广闻天魔、多目天魔，个个都智计惊人，法力无穷。你们刚才打过交道的那个凶犁老头儿，便是第四天魔王，多目天魔。而在他们之下，那些魔帅魔将，也都个个法力强大。就拿魔将来说，他们又分——"

刚说到这儿，灵漪儿见爷爷又要扯远，便赶紧出言打断他的话头："爷爷你先说那魔甲里到底封印的是什么魔头！"

"咳咳——"云中君这时才想起刚才的话头，便喝了口酒润润嗓子，说道，"你们偷走的那副供奉于扬州娘娘庙中的黑魔铠甲，封印的正是当年魔君手下第一大天魔皋瑶!"

"啊!"

这时候,就在长江边这个寻常小酒棚中云中君正敞开有关魔族的话题时,那位刚刚被小言绑架过的魔族小宫主莹惑,也已被多目天魔凶犁小心护送回魔都之中。

刚回到黑霾笼罩的魔神殿,满肚子酸甜苦辣的莹惑小宫主,便跟魔君魔后诉开了苦。将可恶的少年乱骂了一通,眼圈泛红的小魔女心中也不知是什么滋味。

在魔君魔后面前走了这么个过场,诉过委屈,骂完绑架者,神思倦怠的小宫主便再也没心思听自己父母亲的安慰,准备赶紧回十二火山屏峰自己的宫阙中歇下。

只是,正要离去时,她那隐于高高魔云之中的君父告诉她,说是她这个乖女儿,这回立了个大功。

"立了大功?"莹惑闻言,一脸莫名其妙。

"是的。"在自己女儿面前,一贯威严少言的魔族君皇,语气和缓地说道,"莹惑,你先去火晶魔鼎中见见皋瑶大姨。我常常跟你说起的我族第一智天魔,这回便因你才能获释归来。她的元神被封印化为盔甲,已有三千年。那些龙族,也真够狡猾的,竟想得出将她藏在送子娘娘庙中每日受千人供奉朝拜,让我魔族丝毫不觉。你去吧,她也很想见见你。"

"嗯!"答了一声,莹惑便转身走出黑暗魔云笼罩的魔神殿,前往火晶魔鼎。

魔君口中的火晶魔鼎,其实是一座汇聚火元之气的火山,其中熔岩腾涌,终年不绝。到得鼎山之口,莹惑朝内中望去,见到红热的岩浆火气中,正有一个淡淡的人影,在不停喷发的火气中微微飘动。

看到这明媚如雪的人影,莹惑便知是皋瑶姨还没完全恢复过来,正在火鼎中淬炼元神,巩固魔骨。

"是皋瑶姨吗? 我是莹惑!"

"你来了?"

火鼎中的女天魔高兴地招呼她,声音很是动听:"嗯,小莹惑果然生得很美。这次我能回来,要谢谢你!"

"不客气啦,这是小事一桩!"

想了想,莹惑有些疑惑地问道:"皋瑶姨,你的法力比凶犁叔叔还大,怎么会被那些龙族给变成盔甲? 你现在,是不是特别恨他们?"

听莹惑好奇地问起,火焰中的绝丽女子只是淡淡一笑,说道:"为什么要恨他们呢? 这件事,本来就是我心甘情愿的。"

"心甘情愿?"

"是啊……乖侄女,你想听的话,我便告诉你。这事还要从三千多年前说起。那时候,我们魔族正和龙族打仗,叫作伐龙之役……"

几乎恰是同时,长江边小酒棚中的云中君也正好说到这里:"那次和魔族打仗,叫作讨魔之役。你问是什么原因打起来的? 呃……说实话爷爷也说不清楚了,反正不知怎么就打起来了。"

听爷爷说到这里,灵漪儿不知怎么就想起那个小心眼儿的魔族小宫主来,便叫了起来:"那我们一定是正义的!"

不过这次,爷爷倒没赞同她。豁达的云中君说道:"漪儿,那事情我已想了千年,最后觉得也说不清哪一方正义,哪一方邪恶。他们大火烧来,我们洪水浇去,唯一的区别就是一个是火患,一个是水灾,反正倒霉的都是战场上那些无辜的生灵。"

听到这儿,一直没怎么说话的小言忍不住点头称是。虽然云中君还没叙述这场争斗到底如何,但小言不用想也知道,四海龙族和天南魔族的争斗,战场绝小不了,被牵扯的生灵也绝对少不了。

只听云中君继续说道:"这场稀里糊涂的仗,两族义愤填膺地打了十几年,确实谁也打败不了谁。这当中,在我四海龙族联手之下,天南魔族能支撑下来,完全是靠他们那位智计卓绝的善思天魔。你们别看那女天魔模样长得挺俊俏,但智力双绝,不愧是后来被魔君亲封的第一天魔。魔族好几次攻袭得手,前后筹划全都出自她手。不是我老龙吹牛,那时我可是四海龙族第一智龙——"

"那时是,只不过现在就变成第一老糊涂了!"灵漪儿跟爷爷打趣。

"去!你这顽皮丫头!不相信?漪儿你今晚就去跟族中几位老叔伯问问,看看爷爷有没有骗你!"

四渎龙君吹胡子瞪眼之时,魔域那边火鼎山头的对话,也正在进行。

只听皋瑶跟莹惑说道:"那场伐龙之役,你姨我也参加了。开始时,我就只晓得跟着魔帅魔将们猛冲猛打,也不知道还能做什么。就这样一直糊里糊涂的,直到我遇见那人。"

"啊?是仇人?"

"不,是爱人!"

说到这儿,原本在熔浆焰气中微微飘动的皋瑶元神,突然间剧烈震荡起来,显见十分激动。

"就是那人,后来封印了我!"

"……"

见父亲座下第一天魔脸上只有欢欣鼓舞之意,却无半点怨恨之情,莹惑不禁瞠目结舌。

正要问询,却听皋瑶有些陶醉地说道:"莹惑,你没见过他,不知道他有多么成熟出众、英伟不凡！很多龙族的计谋，都出自他手。那时候，我在战场上第一眼望见他，就知道我这辈子再也离不开他！后来我才知道，他是东海老龙王的三太子，因为功绩出众，正要掌管天下的四渎水系。可是，那时我只不过是他敌方一个毫不起眼的小女子。我这第一天魔的称号，还是那场龙魔之战结束后才被追封的。像他那样卓异不凡的大人物大英雄，自然是注意不到我的！"

"那皋瑶姨你该怎么办？"

"是啊，我该怎么办呢？当时我想了很久，最后想出了我平生第一个聪明的办法，那就是，虽然自己是笨笨的，但也要努力想出很好的计谋，帮魔将们打赢几次仗，这样才能让他注意到我！"

"小言你们不知道，"此时老龙君正悻悻说道，"唉，你是没遇见，那女天魔，可真叫厉害！你要是没见过她，就不知道什么叫世间真正的诡计阴谋！那些计策，狡猾啊！花样百出，让人捉摸不透，防不胜防！饶是老龙我当年就已经那么老谋深算，可还是连着好几次着了她的道儿！要不是我每次都使出浑身解数，再靠着十二分的运气，绝对逃不出她的毒手，今天也不会和你们坐在这儿喝酒闲聊了！"

而此时皋瑶在那边说道："可是，莹惑你该知道，我这么一个小女子，又怎么斗得过那样出众的大人物？每次我花了好多天辛苦想出来的计谋，想想都很好，可真用起来，就是打他不倒！当然，我也只是想让他注意到我，又怎么敢奢望能打败他呢？"

"嗯……"听到这儿，原本对任何事都不屑一顾的莹惑小宫主，此时居然也有些感同身受起来。

"那你后来怎么被他变成了盔甲？"

"我像刚才说的那样努力了很久，最后终于有了回报。有一天，我的部下来向我报告——我也搞不太清楚，反正帮着献策打过那几次仗后，我的部下就越来越多。

　　"我听我部下来禀报，说是打听到那个东海龙宫三太子，正在密谋要捉住我——不瞒侄女说，自从你皋瑶姨第一眼看见他，就很想知道他每天在干什么。开始我还能单身前去窥探，但后来魔君大人分派来的部下越来越多，自己单独出去不方便，只好派人每天去他营辕侦察，然后让他们转告我他在做什么。"

　　说到这儿，女天魔一脸甜蜜幸福。而那边老龙王，却满脸晦气恨恨说道："漪儿，后来你爷爷我被逼急了，就准备用一个禁忌的法术，将那可恶的女魔头一举封印。谁知，那女魔头真是狡猾，竟然派他们族无孔不入的影魔，整天都在暗处窥伺我们的一举一动。

　　"而且女魔心思缜密，每次都嘱咐那个影魔躲在我们万想不到之处，饶是我们灵觉非常，也从来没察觉。要不是后来将她封印，罢了双方的攻战，才隐约知道了这事，否则我们还一直都被蒙在鼓里呢！"

　　"呼！幸好后来封印成功了！"体会着爷爷刚才的话儿，灵漪儿舒了口气。

　　刚才云中君这一番描述，说得惊险，四渎龙女和小言几人全都听得紧张万分，只想早些听到胜利的结果。琼容更是一直攥紧两只小拳头，在心里使劲替这位喜欢和哥哥喝酒的老爷爷加油！

　　"嗯！是成功了！"这时云中君也松了口气，得意扬扬地说道，"当年我提议的法阵号称禁忌，不但施展不易，还可能有很多后患。因此当时一经我提出，族中便争论不休。最后还是我力排众议，告诉他们，如果不封印那个女魔，我们再打下去基本要败。为了不败，我们必须冒险！"

　　云中君说及决策往事，激动得有些声嘶力竭之时，魔疆火焰中的皋瑶却正满面羞颜："当时我一听他亲口说要将我封印成盔甲，真的是又害羞，又欢喜。我努力了这么久，终于让他真正注意到我了！并且还不止，他还要把我变成他的盔甲。"

"……"听了皋瑶姨这话，此刻就连鬼灵精怪行事不按常理的小魔女，都觉得有些不可思议起来。

"那后来你就故意被他施法封印，变成了他的一副铠甲？"

"是啊！差不多……"名震魔疆千年的第一天魔现在正神色忸怩，"也不能算故意啦……是他……反正是人家愿意的啦！"

"那——"见了皋瑶姨这副羞涩模样，莹惑忍不住问道，"你们发生了这么多事，那个四渎龙王，他知道你喜欢他吗？听了这么久，好像没听你提起过你曾跟他表明你的心迹。"

听她这么问，智计过人的女天魔立即睁大眼睛，奇怪地说道："这样美好微妙的事情，还要明说吗？好几次交战，他都拿眼睛望我，一刻都舍不得转移。光这样看还不够，每次见到我，他还来追我，好大胆！这些还不足够吗？我知道他心里有我，他也一定知道我心里有他。不是皋瑶姨自夸，宫主你年纪还小，你不懂……"

"是吗……"看着火山中皋瑶姨那张容光焕发的丽容，莹惑在心里嘀咕。

不过现在莹惑又有些不确定起来，因为眼前这位皋瑶姨，毕竟是被自己父王亲自追封的第一天魔，当时父王还宣示魔疆，说他世代都与皋瑶以兄妹相称。这样一个被魔帝看重、以智计闻名的第一天魔，在这种小事上又怎么可能看错呢？

正疑惑间，只听那皋瑶又说道："后来，你也知道，我就给他封印住，成了他的盔甲，度过了刻骨铭心的三天……"

"什么？三天？才三天！"

"是啊！三天！"

说到这里，女天魔一脸甜蜜："是他体贴我，穿戴我三天后，怕他的龙气冲散我的魔骨，便把我安排在香火鼎盛的扬州大庙中，让我每日受千人供奉，磨炼我的元神。这样细心地安排后，他还会常常来看我！"

说到这儿，火焰浆气中的女天魔竟好生羞赧，害羞了好一阵之后才有些怅然地说道："唉，三千年了，一下子从他安排的庙中离开，都有些不适应了。歇了这几天，才又想起这许多事情。嗯！等我完全恢复过来，就去找他，再续前缘！"

当善思天魔皋瑶一脸幸福地憧憬时，这边老龙王的闲篇也说到结束了："……最后嘛，当然是我拼得一条老命——咳咳，我那时就长得显老——反正我是豁出这条性命，经过一番艰险搏斗，才终于将那女魔头制服，把她炼化成一副铠甲。因为这事，这整场讨魔之战也被称为'封魔之役'。只不过——"

说到这儿，四渎老龙有些遗憾："只不过女魔头还真有些古怪，变成铠甲后，时不时地就是一股热气透来，烘得我心惊胆战，只敢穿了三天，就赶紧把她放到扬州庙中，靠着人间烟火封固，让魔人找不到，省得她再为祸人间。因为藏在庙中的魔甲如此重要，所以我还会常常前去察看——不过这都是那时的想法。"

看着孙女嘟起嘴，以为自己又要怪她和小言，老龙王赶紧说道："唉，都是陈年旧事了，那时候双方闹得不可开交你死我活，今天想想，却都很无聊。还不如咱爷儿几个，安安稳稳坐在这儿喝美酒看江景。那皋瑶受了三千年的苦罪，现在回到魔族也好。我们上几辈人的恩怨纠葛，到今天总算一了百了。"

说到这里，云中君想起自己当年的意气风发，不禁有些感慨，便又和眼前的小言碰了几次碗，喝过许多酒。

这之后，过了没多久，江上的日头渐渐西移，大江对面的景物也渐渐模糊起来。

夕阳西坠，黄昏的云霞将江面染得一片红彤彤时，下工来酒棚中喝酒散心的采沙汉子多了起来。

见酒棚主人还没回来，身份尊崇无比的老龙神，丝毫不计较什么，就替路边的小酒肆当起家来。一脸和善笑容的云中君招呼着孙女、小言几人帮忙给客人们打酒上菜。若不是雪宜自告奋勇上前阻拦，四渎老龙神甚至撸起袖子就要亲自动手炒菜。

在酒棚中那些粗鲁汉子眼中，眼前这几位张罗着招呼客人的男女老少，个个气度不凡，不知不觉中他们收工后喝酒解乏时的吵闹喧哗，就比往日收敛了许多。

又过了一阵，酒棚主人归来。掌勺打酒付账之事交接完毕，云中君又把杖头酒葫芦灌满，便要带孙女跟小言几人分别。

临别时，在江渚边看了看孙女恋恋不舍的眼神，云中君暗暗笑了笑，便叫过小言，喷着酒气跟他说道："小言啊，我这宝贝孙女，近来常在我耳边嘀咕，说是你们在找什么罗浮山跑丢的水精——"

一听这话，刚喝过酒正酒酣耳热的小言，顿时精神一振，认真地听这位水族龙神说话："嗯，看在你这回费心竭力把我这胡闹孙女救回的分上，我也来帮你出出主意。"

说到这里，云中君便问小言这半年多来都走过哪些地方。

听小言诉说过一回，云中君瞑目思索了一会儿，然后睁眼说道："小言你在郁林郡周遭，可曾仔细寻访过？我倒好像听谁说过，说是那郁林地方周遭四百里内，有一处村寨，一直未得我龙族眷顾，但有些奇怪的是，近些时这地

第一章　好梦难通，错落巫山云气

013

方变得山清水秀，雨水丰足。奇怪，真是奇怪。"

云中君说完，摇头晃脑一阵，便拔足欲走，不料灵漪儿却在旁边一把将他扯住，嗔道："爷爷你真小气！既然都说了，就再多说一点嘛！"

瞥了一眼宝贝孙女，云中君无可奈何地说道："你这小丫头真不懂事，我这是在泄露天机，说多了要被雷公——"

才抱怨到这儿，话头就被灵漪儿截去："雷公伯伯难道不是爷爷的好朋友吗？"

"呃——"云中君一时语塞，略停了停，看了小言一眼，见他毕恭毕敬，满脸殷切，便也不再留难，若有所指地说道，"张家小哥，等你找到地头，不妨留意一下似是而非之人。"

说完这话，他便再不多言，跟小言几人一摆手，扯上孙女灵漪儿，在漫天霞光中飘然而去。

望着他们祖孙二人离去的背影，驻足一阵，小言便叫过雪宜与琼容，溯江朝郁林郡方向而去。

有了四渎龙君的指点，这回应该很快就能完成师门任务，回到千鸟崖去过清闲日子了吧？

正是：

> 洞天丝管唤仙班，
>
> 灵鸟将雏倦亦还。
>
> 一朵白云依北斗，
>
> 无心还忆旧青山。

第二章
浮舟载酒，无妨天下布武

告别了云中君和灵漪儿，小言和雪宜、琼容慢慢沿江行去。

一路走，猛想一想，小言忽觉得挺有趣。想不到前后才短短两年辰光，自己竟和邻里乡亲们诚惶诚恐供奉的鄱阳龙神，有了这样的交情，关系变得如此亲密。平时还不觉得如何，猛然间一想，却觉得此事如此神奇。

现在，他已从云中君口中大概得知了走失水精的消息，却也并不急着往那处赶。

在最近短短几天中，小言和跟在自己身边的这俩女孩已经历过好几番惊心动魄，几近于生离死别。虽然最后化险为夷，但心底还是受了好些触动。因此，自离了长江入海口的通州境内，他便和琼容、雪宜沿着江北缓缓而行，一路闲看沿途风光，并不着急。

过了两三天，他们便来到了竹西佳处扬州城。这一回，小言已打定主意要带琼容、雪宜在扬州城中好好游玩一番，算是对俩女孩跟着自己一路奔波冒险的小小补偿。

眼前这座扬州城，小言几人还是头一回来。他们这一路都是西向而行，快到扬州东门时，特地去了一趟东郊外的送子娘娘庙，在庙中祭拜一番。

不久前,龙女灵漪儿曾在这庙中做了手脚,打碎娘娘金身取走藏匿其中的黑魔盔甲。不过此地富庶,等小言到庙中祭拜时,留意一看,发现庙中的送子娘娘像早已重塑金身,浑身抹金涂银,在四周香烛的映照下华光灿然,直晃人眼。

见到这一情形,原本心中忐忑的小言心下大安,跪倒在蒲团上无比虔诚地祷祝,只求娘娘不要见怪。

在他跪拜时,琼容也跟以往一样,学着哥哥模样舞舞拜拜,一边拜,一边还嫩声嫩气地说话,说是"恳求送子娘娘保佑"云云。

她这话,只不过是跟旁边那些求神赐子的妇人鹦鹉学舌,自己也不知道在说啥,但庙中其他人一听,却个个侧目,满面惊奇!

这些惊奇的目光,大部分都落在琼容身旁那个闭目喃喃的清俊少年身上。

这些善男信女现在都在心中愤愤想道:"哼!这才多大年纪,便要来跟我们抢娘娘赐下的子嗣?"

见得这一情形,知道些世情常理的梅雪仙灵寇雪宜直臊得红霞扑面,手足无措。是要替堂主辩解,还是告诉琼容所言不宜?这难题直逼得冰清玉洁的女子脸晕红潮,愣在那儿不知该如何是好。

不过这一番尴尬,只顾闭目虔诚忏悔祝福的小言却毫不知情。祷祝完毕,小言便从蒲团上一下子站起,抬手微一示意,招呼雪宜、琼容一起离开神堂。

跨出这间香烟缭绕的庙宇时,这位道门少年堂主还在小声嘀咕:"嗯,这大地方的人果然不一样,一下子便看出我是外乡人,否则也没那么多人一直看我!"

赞得两句,便牵着琼容,和雪宜一起朝扬州城方向扬长而去。

扬州地处淮海之地，上应牵牛分野，是当时天下少有的大州郡。传说大禹治水，平复了天下水土之后，中土大地便有了九州之说，扬州正是其中之一。周成王时曾制《禹贡》一书，说"东南曰扬州"。当然此时的天下地理，东南早到了岭南交州南海一带，原本古时的东南之地扬州，渐渐成了天下东部的中心。

如果说方才这些史料概说只是以前在典籍中看到的，没有什么具体的印象，等小言几人真来到扬州城中，才切实体会到，九省通衢、通江达海的扬州，比原先想象的还要繁华十倍！

虽然现在已到了九月下旬，城中已是秋高气爽，黄叶飘零，那些街市却丝毫不见冷清，往来人烟如织。热络叫卖的商贩摊位上，四时的瓜果藕菱竟然一应俱全，也不知他们是如何天南海北地运来的。

扬州，其名便取扬波之意，城中果然多水，河汉纵横交错，往来舟楫如梭。那些穿行的舟船，常和岸边青石街道上的马车并肩而行，互争先后，直看得小言目瞪口呆。

这一路，直把小言三人瞧得眼花缭乱，走了大半时竟忘了停下来购买一分一厘的货物。这一番盛景，真应了那句：市上藕菱多似米，城中烟水胜如山！

在街上身不由己地走动，他们突被一阵人流冲得避到街市一旁，然后就见数十人鼓噪飞奔而过。也不知道他们吆五喝六地说了啥，小言身边这些行人突然也跟着大声欢呼起来。可怜小言三人，被挤在街边一角，袍歪袖皱，呼吸艰难，耳膜更是被震得嗡嗡响，却始终没搞明白刚才究竟发生了什么。

等人流稍散，小言扯住旁边那位和蔼老翁一问，才知刚才耀武扬威招摇过市的，并不是什么达官贵人、将军校尉出巡，而是扬州城中的蟋蟀大赛刚刚决出了冠军,刚刚接受众人欢呼的,只不过是那只冠军蟋蟀。

蟋蟀得胜后便被收入白玉盘中的海楠盒,再披上红绸插上金花,号为"蟋将军",然后被他的主人当宝贝捧着绕市而行,夸耀了好半天。

听了老翁之言,再听说斗蟋蟀胜负之资,动辄便是成百上千两纹银,饶是小言近两年走南闯北,见多识广,也不禁一时目瞪口呆,半晌都没言语。上千两纹银?在自己家乡,只要六七两纹银,就足够一家老小过活一整年!

"唉,原以为饶州已经十分繁华,没想到和扬州一比,竟是一个地下,一个天上!"这样一边感慨一边观赏街景,感觉还没过多会儿,日头竟已快落了下去。

看看偏西的日头,一直只顾贪看的小言才觉得腹中有些饥馁。游玩了大半天,受了奢华气氛的影响,本就准备好好犒劳一下雪宜、琼容的小言,咬了咬牙,去城西北郊的瘦西湖边寻了一家名为醉香楼的气派酒楼,准备大吃一顿。

当然,一贯考虑周详的四海堂堂主,在登上豪华酒楼前,没忘记跟酒楼门口的小厮打听清楚酒楼的大概价钱。

虽然他这般小心谨慎,在扬州人眼里颇觉有些土气,但守门的那个后生小厮,却丝毫没敢轻视,因为在小厮眼中,他们三人虽然衣着寻常,但不是剑眉星目便是清丽脱俗,显然不是常人。因此小厮把酒菜价码报得格外老实,生怕一不小心惹上什么微服出游的王孙公子。也许是城中货品丰富,又或是附近酒楼林立,竞争激烈,因此这家门面阔气的醉香楼,酒菜价钱还在小言预算之中。

此时夕阳还未下山,酒楼上食客并不多。登上二楼,小言便挑了一个窗边的位置,招呼着雪宜和琼容一起坐下。坐在窗边,正好可以观看湖景,看夕阳下那一湖烟水曲曲折折地朝暮烟中延伸而去。

坐了下来,便开始点菜。虽然立意豪奢,但毕竟简朴惯了,小言还是只点了三碗价位适中的高汤银丝挂面。

当然,醉香楼招牌菜之一的高汤银丝面,和普通的汤面并不同。一碗细如柳丝的玉白面线上,覆有喷香扑鼻的汤头。鸡皮、鸡翅、杂碎、鳇鱼、河鲀、火腿、蟹黄,数样大鲜之物混杂,熬成浓郁香稠的汤头,浇在银丝细面上,鲜美香醇的滋味,已不是言语可以描绘。

小言点过这些面食后,又借故离席,追上店小二,嘱咐他在琼容、雪宜面中再加上鲨翅和江瑶柱。

菜单上他看得分明,有了这两样难得的海鲜提味,汤面滋味完全不同。而且只有加了这两样海鲜的高汤面,才真正被称作醉香楼的招牌菜。

当然这样一来,每份面就要贵上半两纹银。小言已经想过,这些可能只是店家的噱头,让琼容、雪宜尝尝鲜便是,所以自己那份就算了。

点完菜,回到座中,就看到头一回来到奢华酒楼的小丫头正兴奋得小脸通红,不停地东看西瞧,好像要把酒楼中所有漂亮的摆设都看一遍。容颜清雅的雪宜,却有些局促不安,偶尔看看小言的眼神,颇有些怯怯,仿佛让堂主这样破费,心中很是不安。

觉察出这一点,小言便开口说了说自己听来的扬州典故,然后指着窗外夕阳下波光点点的湖水,让雪宜留心看那些风景宜人之处。过不多时,梅雪仙灵便被小言的言语吸引,随着他的指点,专心观看起窗外的湖景来。

等汤面上来开始吃时,天色已渐渐暗了,酒楼上的人也多了起来。不多会儿,楼中便点起了红烛灯火,将堂中到处都映照得一片明亮。灯红酒绿之时,楼外的湖光树影便变得依稀模糊起来,夕阳的余影也渐渐没入远处的烟波,再也看不清楚。这时小言又要了一小壶百花酿就的淡酒,和两个女孩斟饮起来。

他们这样的浅斟低酌，和那些新来食客的气派一比，顿时有些相形见绌。那些来楼中宴饮之人，大抵不是南北的盐商富豪，就是当地的名士，拼酒划拳，奢华热闹，与小言这边冷清的景象不可同日而语。

吃得一阵，见旁边厅角几个卖唱的歌姬始终没有开张，小言便想起自己当年在花月楼当乐工的经历。现在正好有些冷清，他便有心照顾那几个歌姬的生意。招呼过小二问清价格，觉得并不算贵，小言便点了厅角那几个歌姬的班儿，请她们过来唱曲佐酒。

听得有人点唱，那几个歌姬自然喜出望外，抱着琵琶执着歌板，袅袅娜娜移步到这边，在离小言这桌不远处的几张红漆腰鼓凳上坐下，然后便拨动琴弦，开始奏起曲来。

过门奏过，曲渐悠长之时，为首的歌姬便执着红牙歌板，对着小言这边婉转唱了起来。歌声婉腻绵软，唱的是：

凌波晚步晴烟，

太华云高，

天外无天。

翠羽摇凤，

寒珠泣露，

总解留连。

明月冷亭亭玉莲，

荡轻香散满湖船。

人已如仙，

花正堪怜。

酒满金樽，

诗满鸾笺……

柔婉歌声妩媚软糯，尾音悠长，飘飘然如挠到心里，又好像就在自己耳边轻轻响起，真是别样销魂。

等歌姬袅袅唱完，她身后那两个年龄稍稚的女孩，又和她一起换了弋阳腔，明亮欢快地合唱道：

鱼吹浪，

雁落沙，

倚秋山翠屏高挂。

看江潮澎声千万家，

卷朱帘玉人如画！

一曲唱完，琵琶恰好铮然一响，将这佐酒小曲整曲收完。

听完干净利落的收尾曲，原本神魂悠悠的小言，觉得神清气爽。到得此时，不由得拍手叫好："好！好一句'人已如仙，花正堪怜'！"

说罢一仰脖，一杯酒一饮而尽。

见他夸赞，眉目秀丽的为首歌姬赶紧走过来，娇滴滴地万福施礼。

见她过来，小言回了回酒味，又瞧了瞧自己眼前那个不敢抬头的清婉女子，哈哈一笑，从袖中掏出一串铜钱，二百来文模样，转脸对那歌姬说道："这位姐姐，这是给你们的打赏，赏你们那句'人已如仙，花正堪怜'。果然贴切！"

说罢将钱递与歌姬，目送她千恩万谢而去。

许是被方才歌姬歌中"湖船"之句引动游兴，从醉香楼中出来，在附近闲游一阵，等到夜色深沉，行人稀少之时，小言便去湖边船家雇了一只摇橹小船，放入湖中，与琼容、雪宜登上小船，一起朝烟波月湖中缓缓滑去。

本来，小言准备自己摇橹，让两个女孩安坐船头赏看湖景，但不知为何，原本一切都听堂主安排的寇雪宜，这回却甚为坚持，坚持要自己替二人摇橹。虽然"争执"之时，她只是默默无语，双手紧紧握住船橹，但小言已能感觉出她的那份坚决，只好道了声"有劳"，便和琼容坐到船头，悠然赏看月下清湖风景。

这时候快到中夜，正是月光清冷，夜色清幽，曲折水路两旁，不时有枯萎的黄叶飘落到船头，在夜色中宛如飘坠的蝴蝶。

欸乃的橹声里，天上半弯的明月，倒映在水中，就落在船舷旁，荡漾成一团碎碎的光影，仿佛一伸手就可以捞着。

琼容说，现在天上那半个月亮，就好像今天下午她含剩的半块薄荷糖，都很清凉。认真地把这个心得告诉哥哥后，她便将两只小绣鞋踢在船舱里，露出纤白如玉的脚丫，浸在船头清凉的湖水里，不时搅起哗哗的水响。

看着小船在粼粼水波中悠然而行，过得一阵小言终于忍不住开口，想将雪宜替下："雪宜，你累了吧？"

"我不累。"雪宜轻柔而坚定地回答。

"那好吧。"小言无法。

过了一会儿他说道："雪宜，那我给你吹笛，解解乏。"

说罢，他便从腰间解下那管白玉笛，举到嘴边。然后秋天夜晚清冷的湖水上，便徘徊起一阵悠悠杳杳的笛歌。

笛声缥缈之时，翩跹月影中清冷如雪的雪宜眼眸中仿佛映上了这水中月光的朦胧，变得有些迷离。咿咿呀呀的橹声，则一直没停，伴着清悠的笛歌一路前行。

正是：

雪魄冰光月半明，

烟波极目暗消魂。

此时望月皆仙客，

两岸村居早闭门。

就这样在扬州盘桓惬意了几天，小言才带着琼容、雪宜再次赶路。这一回他们已是目标分明，只等找到水精藏身之所，便回罗浮山上清宫中禀明。

"唔，这回琼容你要听话。"行路之时，小言对前面蹦蹦跳跳的小丫头提醒道，"我们这回只要找到水精藏在什么地方即可，不一定要抓到她。"

小言生怕两个女孩再遇到什么凶险，便预先告诫琼容。反正下山前掌门曾吩咐过，只要寻访到水精下落便行，之后飞云顶自会派人将她请回。

听了他这提醒，在前面一路小跑的小丫头却着了忙，赶紧停下来跟小言澄清："哥哥！琼容哪回都很听话！"

就这样赶了几天路程，这天夜晚暮色初沉时候，小言准备找个住处歇下。谁料，刚望见一处集镇的淡影，突然一阵罡风刮面，直吹得人眼睛都睁不开来了。等过得片刻睁开眼睛，小言却见面前原野上，突然出现一座绘着凶猛云豹之纹的楼宇。

"咦？"忽见平地楼起，小言大为诧异，稍一凝神观察，发现这座楼宇倒像一只楼船。

正注目警惕打量时，眼前这楼船舱门豁然洞开，从里面走出四五位金甲武士，神色威武，袍甲铿明神丽。

"你们是……"

见这几位突然出现的武士神光充盈,小言倒有些不知所以。

正莫名其妙时,却见几位金甲武士在自己眼前静静排开,然后那位金盔白羽之人跨前一步,抱拳昂然说道:"吾主南海孟君侯,明朝阅览合海龙军,冀与君同观沧海日出,特遣小神来报知!"

神将说话间言语铿锵,仿佛带着一阵海风潮气,直激得小言生出好几分寒意!

第三章
海日灵光，难破眼前机杼

当南海龙域从天而降的楼船穿梭在一片星光云雾中时，安坐其中的小言晕晕乎乎，如坠云里雾里。

看着对面那几个正襟危坐、一脸肃然的神将，小言心中好生不解："奇怪，南海阅军，为何特地单独请我？"

虽然上回跟南海水侯有过一面之缘，但那次自己只是作为四渎龙女的随从。那次赏花筵席中，除了指间的鬼戒惹起过一场小小风波，也委实想不起来还有其他什么值得他们看重之事。

又想了一会儿，还是理不清头绪，小言心中便想道："罢了，反正水侯孟章乃是四海知名的神人，想来也不会为难我。"

这么一想，他便安下心来，转脸透过楼船雕镂怪兽的窗户，专心观赏起星光闪烁的夜晚云空来。

在他赏看风景时，与他随行的两个女孩，寇雪宜依旧端娴静穆，清净如兰，微微垂首坐在小言一旁，除了清丽的容光外仿佛其他什么都不存在。琼容这时也没乱扭乱动，只是手指抵着粉腮，盯着对面那几个金光灿灿的神将一脸迷惑："奇怪，他们现在变成木头了？ 怎么一动不动，连眼睛也不眨一

下。"

小姑娘就这样愣愣地盯着他们仔细研究观瞧，却始终不敢拿手指头去捅一下，因为她怕他们突然动了，自己会被吓一跳。

大约丑时之末寅时之初，小言他们来到了波高浪急的南海。

此时正是黎明前最黑暗的时候，天地间一片寂然。透过窗户朝底下望去，只能看到黑茫茫一片，偶尔才见一些一闪即逝的微弱光芒。

"那该是波涛浪尖的反光吧？"小言忖道，"这么说已到南海了？"

正这么想着，他便看到对面静如雕塑的神将突然间动了，不约而同地唰一声立起，然后一齐转向舱门方向，对着外面的夜空，拉长声音高声呼喝道："张——堂——主——驾——到——"

"呃？"突然见到这架势，小言倒是一愣。

还没等他反应过来，便只听得原本静寂一片的天地间，蓦然响起一阵沉重的呜呜呜响，仿佛千百只号角从四面八方一齐吹响。

听得呜声一片闷雷般滚滚涌来，小言吃了一惊，赶紧跳了起来，执剑在手，先朝那几个神将看去，却见他们毫无动静，只是抱拳躬身施礼，一动不动地重又凝滞了身形。再赶忙朝楼船窗外看去，只见乌压压的海面黑空中……

"呀！"

正在小言俯眼观瞧时，突然就见黑暗沉寂的海面轰一声巨响，就好像一粒火星掉入热油锅，原本漆黑一片的浩阔海面，突然就燃起熊熊大火，瞬间便铺满了整个海面。

从高空望去，火海方圆几近数百里，直照得整个暗夜一片通红。铺天盖水而燃的大火，爆发得如此突然，把小言吓了一跳，他本能地朝后一避，倒好像那火就在自己鼻前燃灼。

"这是？"

还在惊疑,小言就见万顷火光中,突然扶摇升起金色的波涛,涛高千尺,就好像一座高大的金山,正朝这边飞快移来。

"张堂主,别来无恙?"

正在小言愣愣呆呆之时,却见千尺波涛上一位身形高大的神人,盔甲华丽,丈长的雪浪银披风在身后飘卷如云。乘浪而来之时,那神人正手按腰间佩剑,朝他微笑见礼。

"孟……君侯?"

见那人颧骨高耸,隼目鹰鼻,一派英武模样,小言答话间有些迟疑。

这时,他原本立身的楼船,还有那些神将,突然间消逝无影。飘摇之时,足下有片浪飞来,托住他和琼容、雪宜的身形,立在南海水侯对面。

见他回答时颇有些迟疑,形象威武的神人哈哈一笑,洪声而应:"正是本神!"

不待小言答话,南海孟章水侯大声说道:"今日冒昧请张堂主来,不为其他,只为堂主前日施计救下灵漪儿妹妹,本侯一定要当面答谢。"

听说这话,小言一愣,正要谦逊,却听孟章继续说道:"正巧今日,我麾下儿郎浮海操练,便想与张堂主一同观赏。莫怪本侯大言,某虽不才,治下水军,四海之内颇有薄名,操练之时,定有可观处!"

听到这儿,小言赶紧拱手一揖,谢道:"多谢水侯青睐,那我今日便要大开眼界了!"

"好,那就请张堂主与我一同观瞧!"

说罢,孟章便把手朝旁边一招,示意小言去他那边一起观瞧。

见他招手,小言开始还以为他抬手便会作法,要将自己脚下这片波涛招去,谁知等了一会儿,却始终不见动静。小言这才知道还需自己作法,便运转太华之力,足下立有风雷鼓荡,催动着滔天波浪,带着雪宜、琼容一道朝南

海水侯所立金波漂去。

不知是否因曾得天星之力，与孟章所驾金波不同，小言足下的水浪一片银光灿然，行到孟章附近时，金银两色交相辉映，煞是好看。

见如此，面相不怒自威的孟章水侯脸上也露出些惊奇，说道："数日不见，张堂主法力又有精进，可喜可贺。且与我并肩而行。"

说罢，威震南海的孟章水侯便不再多言，只管催动脚下千尺巨浪，朝着眼前一望无涯的火海一路疾行。

见他行得迅疾，小言也不敢大意，赶紧将太华之力流转不息，这才堪堪赶上孟章的浮海金浪。

等他们越过这片流光千里的火海，小言便见到身后被火光照得一片红彤彤的海面上，旗展如云，戈戟如林，成千上万名容貌奇特的南海龙兵，身着青、红、黄、白、黑五色明铠，分别结成五座巨大军阵，在动荡的海涛中静立如礁岩。

在这些阵容整齐的龙军之后，遥远的夜色中又有三四座楼城耸立，巍巍然有如高耸危岩。

见到那几座城楼隐约的黑影，小言知道那大概就属于灵漪儿曾告诉他的南海八大浮城。估计是还要防范烛幽鬼方的侵袭，所以即使像今天这样声势浩大的阅军，八大浮城也只来了三四座的样子。

正在小言张望之时，忽听孟章大喝一声："张堂主请看！"

话音未落，孟章站立的千尺波涛立时金光大盛，金灿灿的霞光直冲天宇。几乎与此同时，满海的龙兵似乎得了号令，原本静立如山的军阵顿时如怒涛一样动荡起来。原本静寂得只听得到风吹涛响的海面，也突然间震荡起一阵剧烈的鼓点。

随着轰响如雷的战鼓擂起，那些风波浪里的猛将健卒，立时喷波鼓浪，

飞叉奋戟,奔驰如霆。

演练奋击之时,南海龙军如若真正厮杀,口中怒吼连连,足下疾如奔星,手中击若雷霆,往来间奇幻倏忽,易阵分形,直瞧得小言眼花头晕,只感觉眼前流光闪耀、翠旗招摇。耳边满是战鼓隆隆,直震得他心神激荡,六识不宁。要不是他这两年勤谨修行,恐怕此时早已惊得掉落深海之中!

在这漫天如雷的嘶喊冲杀声中,小言勉强定住心神,担心琼容、雪宜,便转回头看她俩怎样。却见梅雪仙灵雪宜正被兴奋得满脸酡红的小姑娘拉着东张西瞧。小姑娘到处指指点点,喁喁说话,就像过节观看街边彩灯一样。

见得这样,小言不禁暗自一声苦笑,加紧催动道力稳住身形。看来现在首要之事,还是先照顾好自己。

就在这时,威震南海的水族神军又结阵施法,兴起大雨。一时间神雨滂沱,远处那几座原本静默的海上浮城,这时也一起发威,从黑黝黝的巨大轮廓中飞出千百道闪电惊雷,将苍茫夜空照耀得如同白天降临;又有浮城喷射出吞吐万丈的暗红神火,和那些蹿若龙蛇的雷电混在一起,将风雨如晦的海域夜空切割成一块块奇怪的图形。那些水族军将,趁着风雨,乘着海涛或停滞或奔驰,远望去有如白虹贯日。正是:

> 天声起兮勇士厉,
> 云飞扬兮雨淋漓;
> 云为车兮风为马,
> 电在眉兮雷在鼻!

正当小言看得心动神摇之时,那些往来疾驰的龙族神兵,又重新按着袍色结阵如龙,在小言与水侯站立的千尺波涛前星流霆奔般飙驰而过,口中有节奏地大声呼喝着："水侯！水侯！水侯！"

千万人众声一同的欢呼，刹那间盖过了声震百里的灵鼍神鼓，轰轰隆隆地回荡于万里海疆上云空，直震得万顷海波应声鼓荡，激起波涛如雪。

听得麾下军将向自己欢呼，南海孟章水侯仍是一脸肃然，傲立潮头，朝下面奔驰而过的龙马神军傲然相看，正有一番说不出的威严神采。

而在这时，东天的朝阳正从海隅汤泉中挣出，将东边的海面天空染上橘红的霞彩。从小言这边看去，孟章水侯身边天风激荡，袍袖飘摇，再被身后璀璨的霞光一衬，正是神光倜傥，威仪非常。

这时，傲立霞光潮头的水侯，忽然转过身来，对站在自己阴影中显得脸色苍白的小言突然说道："张堂主，这是因为灵漪儿！"

"呃？"正醉心于宏大神丽的南海阅军之中的小言，突然听到水侯没头没脑说出这句话，正是万般莫名其妙，不知道他想说啥。

正要问话，却听水侯朗声说道："张堂主，你我都是大好男儿，不必效那小女子隐晦说话。今日我有一言，正要跟你明白告知！"

孟章理直气壮，侃侃而谈："今日我请你来一同阅军，也是想要让你知道，如果真为她——四渎公主灵漪儿好，便该让她和我在一起！"

"……"见孟章突然说出这话，小言一脸愕然，然后小心翼翼地问道，"君侯此言指的是……"

"张堂主问得好！"久居上位的骄傲龙族水侯，听小言接话问起，便毫不掩饰地直言说道，"不瞒张堂主，前几日我曾去四渎水府，因洞庭君要谢我助兵之事。以前我也曾去过四渎，与合府上下都交好，特别是与公主灵漪儿，更是说话投机。只是那几日里，与灵漪儿妹妹说话时，她却总是提起你。"

提到灵漪儿，威严的水侯说话便不再那么简洁："虽然灵漪儿妹妹那几天和我说话还是和往常一样，言笑无忌，但不知怎的，每次说着说着，就会不自觉地提到你,总是喜欢把你提出来跟我相比。"

说到这儿,孟章的神色已变得冷峻如石,挥起神铠覆盖的手臂,戟指着下方波涛中奔腾不歇的龙军旗鼓,然后两眼直视小言,倒仿佛刚才"相比"之事是小言说起的。

尊贵无比的水侯,对着不知所措的小言傲然说道:"要跟我相比? 你看这眼前的万千气象,便是我南海水侯的威仪!"

他又指向东边初升的旭日朝阳,慨然而谈:"想来张堂主整日就在烟尘里奔波忙碌吧? 我不同。我每日晨起,望朝日将出于东海,便抚浪驱涛,揽辔高翔,或开瑶席,斟饮桂浆,或布鼓竽,听丹凤鸣阳。若酣然而醉,无事聊赖,便直上空桑,执箭操弧,仰射天狼。试问张堂主,你每日可能这样?"

不待小言回答,高傲的水侯又说道:"而那四渎公主灵漪儿,乃我四海龙族娇绝之女,丽名远播,神采纷华,行动间云襟霞袂,衣采芳华。呼吸的是朝霞之轻丽,餐食的是芝英之琼华,这样的水族神妹,正当配我族神勇男儿!"

说到这儿,孟章水侯凛然自夸:"我孟章,乃南海祖龙三太子,终年与烛幽鬼方的妖鬼邪魔争战,积数百年之功将它们逼入海角深处不敢出来肆虐,功勋卓著,威伏四方。非我自夸,即使放眼龙族,也只有我孟章与灵漪儿妹妹最为相配。

"而张堂主,请恕我直言,即使灵漪儿妹妹小儿女家情怀,对你这凡人有了些好感,但最后也绝不会和你结成婚配。阁下也是达人,也知神人阻隔,有若天渊之别!"

说到这儿,一直气势凛然的南海水侯,忽然和缓下语气,继续跟小言说道:"不瞒张堂主,其实我与灵漪儿妹妹相交已久,也对其倾心已久。还在她幼年时,自打我第一眼看见她,就知道我今生非她不娶。纵使我孟章英雄盖世,那又如何? 也只有我灵漪儿妹妹才是良匹。若我与她成婚,过的便是神侣生涯。你可知什么是神侣生涯？”

说到这儿，孟章脸上熠熠放光：“我等神仙眷侣，若闲时，则南游于罔良之野，北息乎沉墨之乡，西穷于育冥之地，东看那鸿蒙之光！”

说完，孟章话音一转：“而灵漪儿妹妹若真跟了你，则不免彷徨于穷僻之乡，厕身于泽谷之间。”

到得此时，南海水侯这几天一直憋在心里的话，终于全部说完。今日这场阅军，本来就是可有可无，只是因为他前几天在四渎水府自己觉得苗头有些不对，才想到要用这个办法，让凡间少年息了根本不可能的非分之想。

高傲无俦的南海水侯，是真的喜欢“雪笛灵漪儿”！

因为双方身份悬殊，刚才孟章这一席话说得气势凌人，毫不顾忌。而这时，他面前一直恭敬倾听的小言，脸上初时震惊的神色已渐渐退去，现在已恢复了从容淡定。

望了望四下旌旗招展的雄壮军伍，小言便朝眼前尊贵的南海水侯躬身一揖，说道：“水侯在上，方才闻听水侯之言，果然句句珠玑。受教受教。”

说到这儿，他话音一转，继续毕恭毕敬地说道：“水侯在上，今日我已目睹过南海军仪，果然强盛无匹。既已览过，我现在便欲告辞，也好回去宣扬南海无上威仪。”

“好！”孟章水侯此时神色又恢复了冷峻，说话也是一字千钧。

应过小言，他便要叫来穿云楼船相送，小言却说“不必”。谢他好意之后，小言说自己和两个女孩水遁回去便行。当下孟章便应了，跟他挥手而别，注目着他们在一片霞波中辟开一条白线，朝西北方向迅疾而行。

“水侯大人！”正注目间，忽有一鹤发云氅的老者从浪底翻上，飞立到孟章跟前，打个问讯说道，“此事已谐。依龙灵看，有了水侯大人方才这番入情入理的解说，那个凡人小子便该知难而退了。”

第三章　海日灵光，难破眼前机杼

这位神气清朗的老神，名为龙灵子，正是孟章水侯的谋臣。他这番话虽然说得淡然，却是在跟水侯道贺。

只是，听了龙灵子之言，方才一直气势凛然的南海水侯却久未答言。

见他沉默，龙灵子又说道："依老神暗中看，方才那少年诸般言行，谦恭有礼，卑屈畏缩，应该不是不知进退之徒。"

听他说完这话，一直静默的孟章水侯却忽然慢慢转过脸去，望着东天上红亮的朝阳，静看一阵，然后猛然转过脸来，说道：

"不！他和我一样，是个骄傲的人。"

说罢，他便又转过脸去，专心看东天沧海之上的日出，不再答言。

此时，东天上旭日初升，正是霞光如血。

第四章
停风弄月，尘步偶过山家

这番突如其来的南海观军之旅波澜壮阔，小言前后的心情也是随之一波三折。

前去的途中，内心中不免惴惴；等到了龙神阅军之所，又震撼于南海水军的雄壮强大。

如果仅仅是这样，那这一趟意外出行，在小言心中留下的印象也只不过是壮丽神幻。只是，南海孟章水侯最后那一番直截了当的话，却让往日镇静平和的他五味杂陈。

小言保持着坦然且冷静的态度与尊贵的水侯告别，重新投身于碧蓝的海水，和两个女孩儿一路向西北潜行。

表面上，似乎一切都平静而正常，正常得连小言自己也几乎要这样认为。只是，不知是否海水太过清冷冰凉，小言最终还是不得不意识到自己的额头正烧得发烫，脑袋里似有什么在嗡嗡作响，胸腔中那颗心也忍不住地怦怦怦跳个不停。这样的异状，直到从海路上岸，沿着草木零落的江南驿路走过好一段，才渐渐消失无踪。

小言刚才这样神色异常，他身边的两个女孩也都清楚地感觉到了，只是都不知道该如何安慰自己的堂主。雪宜款款随行，几次张了张嘴，想说点什么话，可话到嘴边又不知道该如何说起，只好继续保持沉默。琼容清楚地感觉到自己的堂主哥哥现在不开心，便想做点什么让他高兴起来。只是，往日她只要随便做些自己认为该做的事情，就能让哥哥哈哈笑起来——虽然她从来都没明白自己做的这些很正常的事有什么可笑的——但现在事到临头，想让哥哥开心起来，却怎么也记不起该怎么做了。想不出好办法，小姑娘只好慌慌张张地紧倚在哥哥身边，陪着他一路行走。

"罢了，何苦要让她们也跟着难过。"

恍恍惚惚出神一阵，小言忽然感觉出身边两个女孩变得沉郁无措，心下便有些歉然。转念又一想，虽知南海水侯误会了，但那番坦率的话语，直指本心，毫不留情，却说得非常在理。罢了，虽然有些心痛，但的确神人阻隔，自己作为一介凡人，即便与灵漪儿再交好，毕竟也只能是她漫长生命中的过客，所以有些事情自己终究还得面对。

想至此处，小言在心底暗暗长叹一声后，又恢复了往日常态，和琼容、雪宜说起轻松话来。

就这样一路前行，再也没有什么耽搁，上清宫四海堂三人，很快就来到了两三个月前才逗留过的郁林郡。

这一次，按着老龙神云中君的指点，小言专门去寻那些往日里干旱贫瘠但现在变得雨水充足的村寨。记得云中君曾谈及"山清水秀"之语，小言便对那些山野沟沟坎坎里的村落特别留意。当然，因为上回在郁林郡犯过事，小言几人这番故地重游便分外小心。

有了云中君的指点，再加上小心谨慎的查访，没过多久便有了眉目。

在穷乡僻壤中游荡了十来天，某一天在路边茶棚里喝茶歇脚，小言偶然听到几个行脚商人聊起一件奇事。

听那几个商人的其中一人偶然说起，说跟他做生意的老板中有个是做草药生意的，几月前去一处山村附近收购解水毒的火齐草药，却惊奇地发现，原本干燥如火的荒凉村寨附近，竟变得山青水碧、风景优美，搞得他当时还以为自己走错了地方。

村寨里售卖草药的村民告诉他，村中此次将所有的火齐草药存货都卖给他了，以后就再也没有了。

这件奇事本就是辗转听来的，语焉不详，也就是这几个行脚商人喝茶歇脚时随口一说，但小言听了，却立即来了劲儿，赶紧起身赔笑凑上去，将那几个商贩大叔的茶钱请了，然后跟他们详细打听起这事来。

只不过，虽然那几个商贩感他盛情，但所知委实不多，小言问了半天也就多打听到两件事：一是，那处突然变得山清水秀的村寨，在离此地大概三百多里的西南方向；二是，那处村民并非汉人，一贯民风彪悍，据说还经常杀人云云。

这话虽然说得可怕，但小言并不会放在心上。

谢过几位饮茶大叔，小言赶紧与雪宜、琼容一起往西南方向赶去。一路上，离那处村寨越来越近，他便听到了更多的消息。

原来那处村寨，本名为火黎寨，坐落在火连峰下。村寨中多是九黎族遗民，向来少与外界交往。

自几月前气候大变后，村中村长便出寨请教了附近村落中的汉人教书先生，将村名中的"火"字改掉，成了"翠黎村"，那村子倚靠的火连峰，也顺道改成了"碧连嶂"，以示山清水秀永无断绝之意。

而那"经常杀人"之说，据小言某次询问的闲汉说，也是确有其事，并且那些蛮族异民，杀人杀得很奇怪，每次都是一男一女间隔着杀。

聊到这儿，那位喜欢走村串寨的闲汉还好心地提醒小言，让他最好别去翠黎村看热闹，一来那村寨极少放外人进去，二来他听某位好友传来的确切消息，说是现在翠黎村里，已寻到一个女人要杀，只等再来一个男子便正好凑齐动手！

当然，一心想早些完成师门任务的四海堂堂主，绝不会因为这样捕风捉影的怪谈便就此罢手。相反，越听到这样荒诞不经的传闻，小言便越高兴，因为他直觉，走失的水精总不会和常人相同，最乐意找这样古古怪怪的地方藏身。

有了这样明确的目标，不到两三天时间，小言、雪宜、琼容三人便赶过两三百里路，接近了传言纷纷的翠黎村。

这时深秋已过，四野中已是一派冬天景色。脚下行走的乡间泥道旁，那些树木的叶子早已掉光，只偶尔有一两片焦黄的树叶还瑟缩地蜷曲在枝头。

相比光秃秃的树枝树干，倒是四野中那一丛丛的野茅草，红褐色的草叶依然繁茂，在寒风中沙沙作响。似乎对它们而言，从盛夏到严冬，改变的只不过是草叶的颜色。

小心行走了一程，日头不知不觉从头顶朝西边移去。正默默行走的小言，忽听到前面路边的灌木丛中响起一阵极细微的窸窣声，然后便感觉到有人影一闪而过。

"是两个。"小言判断了一下，确定了人数，忖道，"难不成有劫路贼？还是那些传言都是真的，翠黎村人真要寻个男子来杀？"

想到这里，他也有些紧张起来。看看人影闪没之处，在十数丈之外，他便悄悄做了个手势，安定下两个显然也察觉出异状的同伴，但仍旧装出毫不察觉的样子，继续朝前走去。

没有陷阱。做出这样的判断后，就在离那黑影藏身处还有五六丈远时，小言忽然暴跳而起，如一道闪电般飞剑杀往那两个人影躲藏之处。须臾之后,闪耀着寒光的剑尖就指在了两个蹲伏在地的年轻男女跟前。

"不要杀我!"突见剑锋已指在自己鼻尖前,暗自藏匿的青年男子大惊失色,脸唰一下变得煞白。他身旁那个女子,更是吓得一下瘫坐在地,丝毫动弹不得。

"你们是?"见他们这样不经事的模样,小言立即收剑,跳后几步问道,"你们不是山贼?"

这时雪宜、琼容也已赶了过来,站在他身边,奇怪地看着那两个惊惶失措的男女。

听小言这般问,过了许久男子才回过神来,却没回答小言问话,只顾在那儿磕头如捣蒜,口中连喊"饶命",满口说什么"两情相悦""不要杀我们"云云。

见得这一情形,小言莫名其妙,只好反复跟他们说明自己不是喜欢杀人的坏人。费了好些口水后发现不太有效,小言灵机一动,把玲珑可爱的琼容拉到自己身前给他们看,这才让这对吓得魂不附体的情侣慢慢平静下来。

只是,虽然神色看似恢复了正常,但接下来这对情侣,却拼命跟小言说起他们俩往日的事情,表明两人是如何真心相爱。

看他们真情流露,十分动情,小言不忍打断,只不过又耐心等了一会儿,看看日头渐渐西移,他才万分歉意地打断两人说话,告诉他们自己只不过是路过的外乡旅人,准备去翠黎村赏看新鲜风景。

一听这话,那对絮絮叨叨的情侣不知为什么顿时止住话头,神色变得有些尴尬起来。

见这场误会已经消除,小言不再多逗留,真心祝福了几句,准备就此离去。刚刚吃了一场惊吓的男子,见小言言语真诚,脸上倒露出些迟疑之色。小言走出数步后,听到刚才那个男子在身后喊他。

"公子，请留步！"

"嗯？两位还有何事？"

小言闻言转过身去，看到那两人正站在远处看他。那个男子踌躇了一下，便跟他说道："这位公子，还有两位小姐，你们真的是要去翠黎村？"

"是啊！就是原先叫火黎寨的那个。"

"噢。那有一言，在下不知该不该问。"

见男子言辞文雅，小言也好生回答："事无不可对人言，有何疑问尽管讲！"

想了想，他又添了句："况且你们刚才也跟我们说了许多知心事。"

听小言这话，男子脸上微微一红，便指着雪宜直言问道："那便恕在下无礼，请问公子和这位小姐，可有婚约在身？"

"……婚约？并无。"

"啊？那这么看来，公子您是不知道翠黎村的恶规了。"

"哦？什么规矩？"一听和翠黎村有关，小言顿时来了兴趣，急切问道。

只听男子说道："是这样，公子有所不知，翠黎村村民乃化外之民，向来不服王化。他们有条祖上传下的陋习，说是凡是十四岁以上，没有婚约的年轻男女，一概不准单独在一起，如有违反，便一概杀掉！"

听到此处，雪宜、琼容都小小惊呼一声，对面那个女子也是噤若寒蝉，一副后怕神色。只听男子又继续气愤说道："更可气的是，这样无理的乡规，不仅适用在他们族里，就连去他们山寨游玩的外乡人，也不得幸免。小弟正是不幸，开始不知这条恶规，也和公子一样，听说翠黎村前后变样，便带着婢女前去看个新鲜。谁知，还没进村口……"

说到此处，这位倒霉的公子指指自己身上沾满泥土草叶的袍服衣裳，一脸苦笑。直到这时，小言才注意到，虽然眼前这个男子衣冠不整，但身上所穿袍服质料上佳,应是位富家公子,他身旁女子则举止畏缩,裙袄素淡,一副婢女丫鬟打扮。

听了这位落难公子的话,小言略想了想,一抱拳,说道:"多谢公子指教,小弟心中有数了。"

说罢,小言从怀中掏出一张符纸,递给男子,说道:"小弟不才,学过几天道术,这张符箓送给你。若以后再有人追杀你,抛出此符便可退敌。"

"啊?多谢义士厚礼!"落难的公子,见小言态度从容有礼,不似虚诳之人,赶紧接过符纸,千恩万谢地去了。

经过这场风波,日头已渐往西山落去。见天色不早,小言便招呼琼容、雪宜,一起施展法术,在僻静处行走如风,不多时便来到翠黎村外。

到得村前,小言才发现这个村子果与别处村落不同。村子四周连绵耸立着石砌的高墙,将村内情景隔离在内,从外面看丝毫不见。掠过高墙朝远处眺望,则可看到群山巍巍,连绵不断。

"这翠黎村果然有些异处。"

抬头看了看高墙顶上那几丛在瑟瑟冬风中摇曳不住的青草,小言便觉得此地大有怪异。说不定,费得上清宫许多时间人力的飞云顶水精,真藏身在此。

正在小言打量闲看时,却突然听得一阵人声嘶喊,抬眼望去,便见一群壮汉舞刀弄棍,正朝这边飞奔而来!

"他们倒眼尖!"

此时小言站立之地也算隐蔽,居然这么快就被那些村丁看见了。

瞧那十几人杀气腾腾的架势,看来此前听到的消息也并非完全虚言。不过就十来个力大莽汉,小言又如何会惧?若是修道之人能被蛮力莽汉轻松打倒,那又何必修道练法术?

因而当十数人杀到近前后，小言连剑都没拔，只不过抱拳一拱手，客客气气地跟他们打起招呼："几位大哥，小弟并非歹人，只不过听得各处村县传扬，说是贵村风景绝佳，便想来贵村看看碧连嶂的胜景，并无其他恶意。"

听小言此言，又见他好整以暇的态度，本来气势汹汹而来的翠黎村守村村丁，一时倒犯了嘀咕。

听小言刚才言语间十分推崇他们村现在的风景，其中倒有好几个村丁放松了原本紧绷的面皮。

只不过为首的壮汉村丁仍是一脸警惕，手中执着大棒上上下下打量着他们三人，看了好一阵，才恶声恶气地喝问道："你们这几个汉人，就不是私奔男女？"

这半通不通的问话从他口中说来，硬声硬气，腔调古怪，小言好一番分辨，才大概听懂是何意思。于是小言赶紧做迟疑羞赧状，忸怩了一下才有些不好意思地答道："不瞒大哥说，这位小姐和我已有婚约，算是我未过门的妻子。"

这时小言所指之人，正是雪宜。想来为探实师门所需消息，雪宜也不会怪罪他这小小的权宜之计。

事实上清冷的雪宜并未反驳，只是脸上映着天上的霞光，变得有些发红。这样害羞的情状，倒真像一个没过门的未婚娘子。

见得这样，壮汉点了点头，又问道："那这位呢？"

此时他的眼光掠过雪宜，已停留在琼容脸上。

"呃，她……"

"妹妹！"小言那个"她"字才到嘴边，小姑娘就已抢先替他回答！

"噢！那就是了！"此时几乎所有村丁异口同声地说道。像这样天真无邪、面貌可爱的小姑娘，又怎么会说谎话？至此所有在场的翠黎村人疑虑尽去,全都放下手中器械,笑呵呵地看着这几个外乡游客。

正说着,却忽然听得一句字正腔圆的汉话飘然传来:"有朋自远方来,不亦乐乎?"

"嗯?"小言见有人吟诵先贤文句,赶紧抬眼看去,只见一位满脸皱纹的清瘦老丈,正拄着藜杖,从村口徐徐行来。

"是族长来了!"

见老丈行来,这些村丁顿时朝两旁闪去,崇敬地注视着他们的族长走到这几个外乡人面前。

"几位贵客,想到来我翠黎村观赏风景,这是我们小村小寨的荣幸。"

"哪里哪里!"

小言正要谦逊几句,却听显然德高望重的族长抚须笑道:"不过按鄙村规矩,外乡青年男女即使有了婚约,如未正式成婚,没有父母陪同,也不得私自结伴入内!"

"啊?"小言闻言大急,心说道,"这九黎族古怪规矩还真多! 罢了,这正门进不去,只好耐心等到天黑,再进去了!"

想至此处,心中略定,便想要随便辩解几句。却不料,老族长捻着胡须乐呵呵地说道:"小哥儿也不用着急。我看几位头顶神光盈尺,甚合我村风水。我这回就破一次例,先让几位进村游玩。"

"啊,如此甚好! 多谢族长!"

小言闻言大喜,正要多谢几句,却听老族长又添了一句:"不过规矩还是要守的。本村后日正巧有几位后生男女婚配嫁娶,你们便一起拜个堂,补上。这样就算不得破了我族规矩——那可是我族祖上千百年前传下的圣规!"

说罢,老族长转过身,头也不回地朝村口行去。

"……"

目瞪口呆的小言停了一阵，才似乎想起什么，赶紧向前跟去。

这时候，天边的火烧云绚丽如锦，正和地上两个年轻人的脸色一样艳盛。而在他们前面，那扇久不曾为外族人打开的翠黎村村门，也在那一刻吱呀呀地开启……

第五章
红烛如解语，呢喃到天明

当陈旧古老的翠黎村木门在自己面前打开时，四海堂堂主便知道，他这趟来对了。

现在已是初冬季节，天气比较干燥，但当那两扇巨大木门在眼前打开时，气机敏锐的四海堂堂主只觉得一股沛然水汽磅礴而来。

"差不多就是此处了。"

细心感受了一下，氤氲灵气如此清正醇和，也只有洞天福地之中才能孕育。

一脚踏入村内，小言看到翠黎村中一派郁郁青青，间杂在民居草寮间的绿色几乎要让人忘记现在已是冬季。只不过才大略看了一下，小言便知眼前景象大为可疑。环目四顾，只见远处山形险恶，近处沟坎杂乱，一副残山剩水模样，绝不可能汇聚如此庞大的灵机。

觉察到这一情形，小言忍不住在心中说道："水精道友，我来了！"

等到了村中，走过一些沟沟坎坎，小言才大抵看清翠黎村全貌。

原来九黎遗族傍山而居，南面环绕着连绵的山丘。听老族长说，那便是碧连嶂。在碧连嶂蜿蜒而北的丘陵沟壑中，村中九黎族人寻得平整地坪，筑起各样的圆顶草屋，约略看去，那些房屋似是船形模样。

走过一些挨挤在一起的密集草屋，没多久小言便看到一大片水塘。山脚下的湖塘中水色清碧，水面微波荡漾，四围堤岸略成圆盘形状，上面种植着不少柳树。现在这些柳树枝条上，还带着些青色。

在翠黎村中忽看见这片水泊，小言一时也忍不住细细观看起来。见他流连忘行，老族长也颇为自豪，乐呵呵地告诉他这片水塘名为碧水池，是他们翠黎村第一景。

"好名字！"

听了老族长之言，小言随口赞了一句，却仍是细细打量这片湖景。要说水精藏匿之所，数这片水塘最为可疑。

只不过仔细察看一番，却发现这片水塘也属平常。等抬脚继续朝前行去，小言悄悄朝琼容看了一眼，看到她对自己轻轻摇了摇头。

"这位小友是不是累了？"

没想到老族长眼力如此之好，琼容这个细微的动作也没逃过他的眼睛。

听他相问，小言只好点头说是。于是老族长便告了声罪，将他们带到水塘西边的一间草堂。小言跟着走到这间待客草堂前，抬头一看，却猛然一愣。

原来圆顶草寮屋檐下，挂着一块木匾，上面写着"宜雪堂"三字，字色颇新。

见到小言惊讶的神情，老族长却没多问，只是神色黯然，叹了一声，喃喃说了句："这宜雪堂，是我孙媳原来的居所……你们便先住下吧。"

不知为何，原本兴致盎然的矍铄老族长，看到"宜雪堂"三字，却变得有些闷闷不乐，之后只随口说了几句待客的话，便告辞转身而去。

"呼！"等屋外那些杂乱的脚步声逐渐远去，小言才终于松了口气。

不管怎样，此间神秘莫测的深山村寨，总算让自己光明正大地混进来了。

所谓"欲速不达"，小言直觉着这个异族山村并不简单，便决定还是先老老实实安顿下来再说。因此，老族长着人送来农家晚饭，吃完后直到掌灯时刻，小言和琼容、雪宜都没出去，只是在草庐之中有一搭没一搭地闲聊。

又过了没多久，就听到山村中报夜的梆子声响起。

见夜色深沉，小言先在屋内四处巡视一番，查明并无异状，布下几道平安符箓，然后便让雪宜带着琼容去里屋安歇，自己则在外屋的木床上倒头便睡。

可喜的是，虽然这间山村草庐似乎久无人居住，但床榻整洁，倒似常有人打理一样，因此小言也不担心堂中的两个女孩一时睡不惯。

这一夜，安然睡眠。小言耳中，最多听得些夜晚山风的呼啸，其他再无什么异状。

只是，就在他们四海堂三人安眠之时，远处深山老林边缘的某处山坡上，却起了些奇怪的变化。

若是此时四海堂堂主起来，定然可以看到子夜交接之时，在极远处的黑黝山岑上，忽然悠悠升起一朵近乎透明的青幽光团，在凄迷夜色中飘飘荡荡。

若小言此时看了，就会发现那团若有若无的光影，除了颜色不同，光色偏淡，其轻盈明透的飘忽情状，竟和他在罗浮山千鸟崖前看到的道魂光影极为相似。

不过此时那个光团，却不如罗浮山中那些道魂悠闲。若仔细看，就会发现宛如萤火的幽暗光色，正极力想朝小言所居的水西草堂方向飘飞，但似乎又为什么所阻，往来不定地前后飘忽一阵，到最后还是没挣脱冥冥中的那股束缚,慢慢越飘越远,直到消失无形。

当然,睡梦中的小言并不知道这些。

第二天起来,小言和雪宜、琼容一起去水塘边洗脸,互相问过一番,都觉得昨晚睡得极为香甜,大清早起来,只觉得神清气爽。

舒畅之际,小言忍不住赞了一声:"这山间村居,果然不同凡响!"

呼吸着山村中早晨特有的清凉气息,再望一望远处弥漫在山坡屋脊上的白色雾气,自小在山村中长大的少年,只觉得自己仿佛又回到了家乡。

闲言略去,这一天中小言和琼容、雪宜一起在村中四处游荡。走沟串巷之际,小言让琼容、雪宜万般留意,尽量掩盖起自己的气机,以防惊动水精灵物。

小言自己则是一副毫无心机的贪玩少年模样,行走之时还拿着剑鞘,看上去和乡党中那些夸耀装幌子的纨绔子弟毫无二致。

就这样四处游逛了一天,直到黄昏降临,四海堂中三人还是一无所获。除了看到村中栽植的树木全都现出与季节不符的青绿模样,其他并无特别。那些最能泄露水精行迹的水汽灵机,一直若有若无,忽隐忽现。忙活了一整天,莫说寻得什么水精藏身之所,小言最后连什么地方是水精曾经待过的,也完全没有头绪。

说话间日头就已落向西山,头顶的天空又和昨天一样,遍布起无比绚烂的云霞。

说起来有些奇怪,虽然小言和琼容、雪宜这一年中也走过不少名山胜水,但晚来这样灿烂如锦的彩霞,也是少见。现在那些遍燃天宇的火烧云霞,如此绚丽热烈,小言三人不禁一齐停步,站在碧水池东边,朝西天仰脸观望。

又过了片刻,霓霞并未减淡变暗,却反而更加灼烈,红光四射,朝这边天际汹涌卷来,仿佛是天宫中燃起滔天大火,要将整个天空烧个通透!

"真美啊!"很少见到这样绮丽斑斓的晚霞,小言看得一阵,忍不住出口赞叹。

只不过正当他忘情称赞时,却忽听到身后有人冷哼一声:"哼!"

小言闻声诧异,赶紧把目光从火烧云霞那边收拢回来,转身朝后看去。这一看,却把他吓了一大跳!

原来不知不觉中,他身后已围起许多服饰怪异的村民,其中有几人正朝他怒目而视,其他更多人则目视如火的夕霞,满面惊恐神色。

"嗯?"看那些惊恐愤怒的神色不似作伪,小言心中大奇,正要开口相问,却听身旁响起一声长长的叹息。

小言循声望去,正看到身形清瘦的老族长,眯着细小的眼缝,满脸密布忧愁。

见他这样,小言心中一动,便开口问道:"请问苏黎老,这村中究竟发生过何事?"

这一天中小言已知道老族长被村人呼为"苏黎老",是村中年纪最长的老人,据说已有百来岁。听他相问,苏黎老又叹息了一声,然后把手一招,将他们几人叫到一边。

"不瞒小兄弟说,我们村大祸临头了!"

劈头盖脸这么一句,当即把小言吓了一跳,忙问是怎么回事。只听苏黎老沉痛说道:"唉,小兄弟若读史书,也会知道我九黎之民乃上天遗弃之族。自大酋长蚩尤败亡之后,我族便散落四方,居于荒寂贫瘠之所。

"想来小哥也听说过,我翠黎村原来叫作火黎寨,不仅因为我们是九黎族火黎一脉,还因为火连峰下村寨千百年来酷热如火,片木不生。我们唯一倚靠生活的,便是火热之地才生的火齐草,摘来跟寨外的汉民勉强换些米粮蔬菜。

"至水饮水,因火黎寨受上天诅咒,向来点雨也无。寨中又无河井,只有石坑,只能靠石坑裂缝中偶尔渗出点泉水,供寨中老小吮吸着延命用。"

说到这里,大概是又回想起多年凄惨无比的困难岁月,本来沉静非常的苏黎老,已是惧容满面,眼中瞳孔收缩,如遇恶鬼一样。

听到这儿,小言也忍不住有些唏嘘。

苏黎老沉默之时,小言忽然想起一事,便忍不住问道:"既然此处山水险恶,为何贵寨不举寨迁离?我这一路游览,看到附近郡县中不乏肥沃无主荒地。"

"唉!"听小言这么一说,苏黎老却重重地叹了口气,缓缓说道,"公子您宅心仁厚,只是这法子我们历代祖先都想过。可直到今日,我们仍窝在火连峰下的沟坎中,不得出去。这都是因为祖上造下罪孽,中了老天诅咒。几月前寨子情势好转之前,历代出寨勘察的勇士,都已经……"

说到这里,苏黎老的话语变得有些哽咽。小言一看这神情,便知道了那些出寨的族人的下场。

他正想开口安慰,却见苏黎老惨淡笑道:"嗬嗬,我活了百来年,也看了百来年,现在终于明白,既然我们是被上天诅咒之族,便必须在荒弃之地……"

见他神色惨然,小言赶紧转过话题:"那敢问苏黎老,贵村现在不是已经山清水秀,有如世外桃源了吗?为何还要说有大祸临头?"

"唉!"听了小言之言,苏黎老又叹息了一声,将手中藜杖在地上顿了顿说道,"你有所不知,村里现在这般欣盛模样,其实是得人相助。此事不提也罢。"

小言闻言,听他说"不提",心中不禁大急。火黎村得人相助,这人十之八九便是上清的水精。只不过,虽心中急切地想知道,但一看老族长的凄凉神色,小言话到嘴边又缩了回去。

只听苏黎老继续说道:"还是你们汉人说得好,'祸兮福所倚,福兮祸所伏'。原以为是福人相助,谁知却是灾星降临!老汉年岁痴长,依着族中巫术偶能通灵。前些时我便得了上苍警示,说本来我族的诅咒一两年间便能消除,谁知现在强来破解,上神震怒,便要降天劫以示惩谴。"

说到这儿苏黎老已是捶胸顿足,悔恨不已:"你们看那些火一样的云光,便是上天降劫前的警告。如果我们不照上苍的旨意去做,这天谴很快就要降临!"

说到这儿,一直悲苦满面的苏黎老,突然间扶着藜杖颤巍巍俯下身去,拜伏在小言面前,诚声祷道:"请三位贵人救救我合族老小!"

"呀!您这是?"小言见状大惊,赶紧上前将老人扶起。

此时看去,老族长脸上已是老泪纵横,泣不成声。

当下小言也不多言,赶紧将他扶到附近的宜雪堂中,等他平静下来,才细细问起缘故。

只是,这一问,却又让他和雪宜满面通红。原来苏黎老说的救助之事,正是要请他明日与雪宜拜堂成亲,按上天的指示积福冲喜!

按苏黎老的说法,小言和雪宜头上都是"神光盈尺,亮得怕人",若是他们能在寨中拜堂成亲,便可抵得上十几二十对的九黎族婚侣!

听面色哀苦的老人这么一求,小言顿时满面尴尬。

本来还以为成亲云云,昨天就算混了过去,老族长也不会当真;谁知今天这样一来,拜堂成亲之事却成了一件救苦救难的大事!

不管如何,此事对他和雪宜来说实在太过突然。但看眼前情势,他又实在很难开口拒绝。

"难道真有老天托梦之事?"小言看着眼前善能通灵的老族长,颇有些迟疑。

又思忖了半天，小言才小心翼翼地跟老人说明，说自己是汉人，最重礼仪，成婚大事，怎么也得父母之命、媒妁之言，加上三媒六礼。现在他们仅仅有个婚约，父母都不在身边，无论如何都不宜仓促成事。

正细细解说，却不防苏黎老见他有推脱之意，又是跪拜在地，死也不肯起来。结果没奈何，小言只好勉强答应，允诺依着他的意思，明日在寨中将拜堂成亲的礼仪行上一回。

听小言松口，匍匐在地的苏黎老立即一骨碌爬起来，眉开眼笑，跟小言不住口地道谢。见他这样，小言却有些哭笑不得。

大事说定，苏黎老心情略略畅快，便跟小言、雪宜几人说了一会儿闲话。

从这席话当中，小言知道他们九黎族火黎一脉格杀私奔男女之言，并非虚言。

原来在此地变得山清水秀之前，男子离寨，不是横死，便是暴亡，女子离村却丝毫无事。因此，往年里便有不少黎家女子逃出村去，嫁与外族青年人。

这样一来，族中少了孕育后代之人，火黎一脉便真要面临灭族之灾了。因而族中才慢慢形成了严苛习俗，不光村中女子与汉人私奔者一律格杀，便连路过的十四岁以上的单身男女，若未婚配误入山寨，也一律处死。

因此苏黎老说，刚才请求小言和他同来的有婚约在身的姑娘拜堂成亲，不仅仅是要帮寨中积福，也是要确保不打破寨中千百年来的神圣规矩。

听他这么说，小言神色尴尬，不知道该如何答言。

随口答应了几声，他便将身形干瘦的苏黎老送出屋去。晚上夜色降临，小言发现宜雪堂外，多了许多脚步来往走动的声音。看来，应是村中人怕他们打退堂鼓，中途溜掉，才来屋外监察。

察觉这一情形,小言只好苦笑一声,跟雪宜说起明日拜堂之事,颇有些歉然。

仿着琼容曾经的口气,小言红着脸告诉雪宜,明天只不过是"装装样子",请她不要为他的唐突允诺生气。

小言这样小心说话,是因为当时确重礼法,拜堂成亲并非儿戏。虽然他们这回只不过是虚应了事,但若不小心传出去毕竟还是有损女孩家的清名。于是惴惴说完,他便小心翼翼地看着雪宜的反应。

却见俏若梅花的雪宜早已低下头去,在摇曳的烛影中忸怩许久,才迸出一句:"但凭堂主吩咐……"

一番折腾,不管怎样,四海堂救急济困的拜堂仪式,在第二日傍晚如期举行。

为了感谢小言盛谊,寨中最德高望重的族长苏黎老,没去主持寨中其他几对青年男女的婚礼,而是特地赶到宜雪堂中,为两个外乡好心人主持婚礼。

这时节,虽然冬夜寒凉,屋外呼呼风啸,草堂之中,却是红烛高烧,春意融融,四下里遍裹红锦,布置得花团锦簇。火黎寨自变为翠黎村后,民居富足,又能与外界往来,因此在族长特别示意下,彩堂布置得极其富丽堂皇。

此时大概酉时之中,村里族中的名望人物都已到来,正是济济一堂。正堂中人语喧哗,热闹非凡。一墙之隔的内堂,则罗帏重挂,秀幔层叠,红烛光影映照下,恍若霞霓堕地,流离一房。雪宜此刻便在内堂中让那些老妈子帮着梳妆。

一切都似在梦中一样。不多时雪宜便凤冠霞帔,盛装而出,在两名村妇牵引下来到堂前。即将与她"婚配"的新郎大君,则已戴帽插红,一身大红喜袍,手足无措站在喜堂中间。

罗裙飘飘的雪宜亦步亦趋地跟着伴娘来到小言面前,然后便在旁边喜婆的指引下,依着民间的成亲喜礼,拜拜伏伏,一拜天地,二拜高堂,接着夫妻对拜,最后"礼成"——

此时小言的父母高堂并不在此地,因而中间便拜了两次天地,然后对拜一下,就算礼成。

待苏黎老一声洪亮的"礼成"喊完,罩着红头盖的雪宜就如踩着棉花云朵,恍恍惚惚地被伴娘领进洞房,牵引着坐在红漆桌旁,耐心地等待新郎到来。

此时同样晕晕乎乎的新郎小言,则按着苏黎老的指引入了喜席,和寨中那些德高望重的族老推杯换盏,接受他们的祝福。

这样闹了大半个时辰,苏黎老含笑说了句"恐新人等急了",这场火热非常的筵席才算完结。

老族长一声令下,喧闹非常的喜堂中顿时风流云散,所有人都次第退出堂去。等最后一人退出房外,自外合上堂门,这间喜庆无比的彩堂就只剩下小言一人。

见所有人都散去,喝得有些醺醺然的小言便摇摇晃晃走向内堂。接下来,按照苏黎老预先的教导,他便该去揭新娘子的盖头,然后一起洞房。

晕晕眩眩来到内堂,小言见到满堂红彩锦绣中一张红檀漆桌旁,雪宜正一身霞帔丽服,静静地坐在那儿。

见到房中这样的情形,小言哈哈一笑:"哈!罩着这样大块的红绸缎布,一定气闷吧?"

说着便迈前几步,想叫雪宜自己把盖头摘下。谁知此时,刚刚不知藏在何处的琼容蹦了出来,认真地说道:"哥哥,快揭雪宜姐姐的盖头!"

听得此言,小言忽有所悟,侧耳听了听房外,便探步过去,将那端坐在桌旁的雪宜头上的盖头轻轻揭下——

只见烛影摇红之下，冰清玉洁的梅雪仙灵正粉面烧霞。

正是：

金芽熏晓日，

碧风渡寒塘，

香暖金炉酒满觞，

玉堂春梦长。

雪笛声初散，

花影过东墙，

溶溶晓月映画堂，

一帘梅雪光。

第六章
瑶华委雨，山中何处招魂

　　雪宜现在已是羞不可抑，虽然早知堂主踱步进屋，又趋步走了过来，但等他真的伸手揭去覆在自己面上的那方红绸，她却突然如同受了惊吓，本能地就想朝后避让。

　　这时隐在墙角的六角铜炉，燎灼起淡白的熏香，弥弥漫漫，萦萦绕绕，将一股似麝非兰的香烟充盈在红罗绣幔之间，一丝丝一缕缕也飘摇到小言的鼻中。

　　一时间，小言忽然心情激荡，只觉得身上热血与酒气混杂，酝酿蒸腾，直冲头脑，霎时被熏蒸得口干舌燥。干渴之时，他顺手便从桌上拿起一只茶盏，凑到嘴边准备喝下。

　　只是，刚刚抿得一小口，四海堂堂主忽然一愣："嗯？"

　　拿眼往杯盏中望了望，只见白瓷杯盏中的茶水，正现出一种浓绿的颜色，嗅一嗅，只觉得一缕醉人的芳香直冲鼻脑。

　　望着盏中碧绿的茶水，小言暗自咂了咂刚才抿入口中的香茶，又出了会儿神，便有了计较，在烛影中大声赞道："好茶水，真香！"

　　话毕一扬脖，便将盏中茶一饮而尽。

等喝光碧茶,再去看时,少年堂主早已面如酣醉,脸色赤红,呼吸也变得分外粗浊沉重。烛光影里,只听呼的一声,他身上那袭宽大的红袍被他急切一甩,打横飞到窗旁墙壁上的竹钩上,恰将大红窗幔留下的些许空隙严严遮住。然后便见金红满堂的喜房中烛光一暗,窗户一片黑寂。

就在这时,宜雪堂外静悄悄的黑夜中,不知从河塘畔还是柳树头,忽响起一缕若有若无的柔媚歌喉,丝丝缕缕地传入窗缝中。只听唱的是:

人道冬夜寒,

我道冬夜好。

绣被暖如春,

不愁天不晓。

听得这样的歌声,在洞房黑暗中静静留意的小言,心中更加清明。方才墙角的催魂香,杯中的怀梦草,还有媚意十足的歌喉,无一不是大有用意。

只可惜,屋外不知何处来的妖孽,虽习了些媚惑之术,却低估了这几个少男少女的功力。此刻不仅小言神色俱清,便连雪宜得了堂主悄悄的提示也是玉容清肃,和琼容一起倚靠着床边绣帷,在黑暗中冷冷地听着窗外媚惑的歌音。

又听了一阵,见词意愈加露骨,寇雪宜俏靥上还残留的一丝羞容便彻底退却,转换上冷若冰霜的神色。此时她娇躯微移,便想要振袂投窗而去,将那不知死活的妖孽擒下。

只是,才一挪动,她的胳膊已被堂主捉住。这是小言在示意,让她暂时不要打草惊蛇。因为此次他们来只为寻访水精,现在却还无头绪;屋外那缕古怪的歌音,很可能就与此事有关。

身处叵测之地,妖音又无太多害人之意,便不如一时放过,慢慢探查等它露出马脚。当然,屋外歌音妖冶,小言听得出,绝不可能是孕育于洞天福地的至清灵物发出的。

除此之外,小言刚才又迅速想过,觉得此事中这翠黎村也大有蹊跷。且不说什么拜堂冲喜,也许确有其事,但自拜堂后的这一切事体,细想一下却觉得他们做得有些雕琢刻意了。

"哼!这番却是小瞧我了!"

正所谓"过犹不及",此刻小言酒意尽去,心中正是清醒无比。

只不过,虽然看出其中不妥,但此时还不宜轻举妄动。虽然很可疑,但说不定这些都只是凑巧。因为异族的习俗,也可能确与别处不同,倒不可急着妄下定语,说这九黎遗族一定就是和妖孽勾结在一起。

心中这般考量着,小言便决定不动声色,先不打草惊蛇,说不定水精之事就应在这种种古怪上,那时正好顺藤摸瓜。

只是,此时宜雪堂外的山村夜空中,并不十分平静。大约到了后半夜时,本已平静的屋外,忽然响起一阵鬼哭,惨惨戚戚,虽然声音不大,却显得悲凄非常。不过等小言侧耳细听时,鬼哭却又消逝无踪,再也没有出现。这一晚,屋内屋外翠黎村中发生的种种异状,都被小言暗暗记在心中。

第二天清早起来后,此间族长苏黎老遣人挑来一担果品,作为新婚祝贺,嘱咐他们好生安歇。不过此时,小言已没多大心情在宜雪堂中逗留。胡乱吃了些东西,便和雪宜、琼容一起,跟那个来送礼的村民去族长家中道谢。

到了族长院落附近,那个村民跟三人指点了一下,然后便告辞回家做自己的活计去了。

苏黎老族长家,是一个坐西朝东的院落。一人多高的竹篱,围起一方小院,让人看不到院中房舍的模样。

黎寨气候反常,大冬天里村寨中仍处处可见到青青的草木,族长家这片篱墙上的藤蔓,更是出奇地翠碧茂密。从这边看去,那满眼的绿意,仿佛要化成水流淌下来。

从篱墙外看去,虽然看不清苏黎老家中的房舍,但可以看到一棵高大的香樟树,亭亭如盖,同样也是青枝交错,绿叶满树。

走到小院跟前,小言便在篱笆木门外喊了一声:"有人在家吗?"

隔了片刻,才有人瓮声瓮气地回答了一声:"有。"

听有人答应,小言便推开篱门,走进院内。雪宜和琼容,自然如影随形地跟在他身后。

进了院门,便看到院中那棵香樟树下,站着位浓眉大眼的青壮汉子,虎着个脸,一脸警惕地看着这几个不速之客。虽然穿着衣服,但能看出他一身肌肉,甚是精壮。瞧他脸上那副陌生的神态,似乎并不知道这两天村中发生的事,好像完全不知道小言几人来到自己村中做客。

见他这副满面怀疑的神色,小言赶紧赔笑上去一抱拳,作了个礼客气地说道:"这位大哥,请问苏黎老族长在家吗? 我今天特地来谢谢他!"

听小言客气问话,汉子上下打量了他几眼,便硬声硬气地回了句:"我爷爷不在。"

然后也不问他们几人为什么要谢他爷爷,便又继续专心致志地做起手中活计来,丝毫不顾旁边还有几个生人在。

"哦,这样啊……"

虽然族长不在,但主人没有逐客,小言一时也不打算走,便站在一旁细细打量起这位族长的孙儿来。

在旁边仔细观瞧,小言发现族长的这个孙儿年纪并不算大,正值壮年,生得虎目剑眉,眉宇间有几分勃勃英气。

只是不知何故,这位身形高大本应气势昂然的年轻人,此刻眉眼间却萦绕着一股悲苦之气,两鬓边的乌发中也夹杂着许多白发。

现在满脸悲苦的汉子,正小心翼翼地削着手中那块木板,将暗淡的树皮削去,露出平滑雪白的木色。

见他旁若无人,爱理不理,小言也不介意,只朝院中随意观看。抬头望了望高大的香樟树冠,又四下打量起院落中那些翠绿葳蕤的青苔杂草,反复观瞧。看上去,仿佛他对那些丛生的杂草十分感兴趣。

此时小院中,正是凉风习习。

就这样又等了大约半炷香工夫,那个一直沉默只顾忙着手中木工的族长孙子,终于又开口说话了:"你们是汉人?"

"正是!"听得他说话,小言十分高兴,赶紧殷勤接茬。

"那你会不会写字?"

"当然会!"

"哦。"

听得他这么说,那汉子复又沉默,似乎心中斗争了一阵,才迟疑着开口说道:"我的汉名,苏阿福,想请你帮忙写几个字。"

"原来是阿福大哥,当然没问题!"小言正有结交之意,况且此事又不难,便想也不想地一口答应下来。

听小言回答得痛快,苏阿福讷讷谢了一声,便转身回屋,取来爷爷的毛笔炭墨,然后在香樟树下那片青石的凹坑中淋上些清水,又拿黑木炭在其中哧哧哧一阵猛磨,研磨好黑墨,接着将毛笔蘸上墨汁,双手奉给小言,请他写字。

"哦,原来是要在这木板上写字。"

见苏阿福指着新做好的木牌,小言便问他想写些什么话。

听他问起,这个高大壮实的汉子却忽然现出好生痛苦的神色,脸上肌肉纠结颤动,过得好一阵,才几乎一个字一个字地往外蹦道:"写,写给我过世的堂客,水——若。"

最后二字,仿佛重若千斤,说得极为艰难。

听得此言,小言这才知道,手中这块雪白木牌,竟是苏阿福给自己的亡妻新做的灵牌。

沉吟了一下,小言才小心地告诉眼前满面悲伤的汉子,若是按汉人规矩,这牌位上应该写上"亡妻苏水氏之位"。

听了他这话,面相朴实的族长孙儿沉默一阵,才问道:"没有水若名字?"

听他这么一问,小言才知那"水"字并不是他夫人的姓,便问起他亡妻娘家姓什么。谁知,只是这样简单的问题,苏阿福却说"不知道"。

见如此,小言也不多话,只问他要不要把妻子名字加上去。因为按当时风俗,殁世的女子灵位上,是没有名字的。听小言问起,原本一脸痛苦的苏阿福,静静地出了会儿神,然后脸色平静地说道:"加上吧。她喜欢这名字。"

于是小言便执笔在雪白的牌位上写下:亡妻苏氏水若之位。

然后郑重地递给这个愁苦之人。

这一日中,除了替族长孙儿写牌位,小言几人也没遇上其他什么事。这一整天中,也没遇到那位殷勤好客的老族长。

到了这天晚上,没多少收获的小言三人只好又回到碧水池西的宜雪堂中安歇。

虽然这日过得平淡,但此刻小言心中,却隐隐间似有所悟。躺在村居外间的木榻上,这几天中发生的事情就像走马灯一样在自己眼前飞快闪过。红烛高烧的彩堂,妖意盎然的歌音,冬日中翠色欲流的族长小院,还有族长孙儿痛悼亡妻的悲苦神色……

"咦?"就在冥思苦想之时,黑暗中小言眼前忽如有一道灵光闪过,"水若?苏氏水若?"

将这个名字在口中反复咀嚼了几下,小言猛地坐了起来,双目在黑暗中灼灼发光:"呀!那老龙君说过,若想要找到水精,可留意那似是而非之人。这水若之名中的'若'字,不正有'似如'之意?只是……那上清水灵,如何会这样轻易死掉?"

灵光迸现的小言,此刻已兴奋得睡不着觉,于是披衣下床,在堂中来回踱步,努力思考起来。

此时大概将近子夜时分,在宜雪堂中来回踱步沉思的小言并不知道屋外整个村落中,正发生着几件奇异的事。

就在子夜交接之时,原本安宁静谧的翠黎村却忽然家家户户门房洞开,从中走出一个个沉默的村人,个个穿着纹色怪异的袍服。

这些人静悄悄走出家门后,便跪倒在各自门前。这之后,这些半夜不眠的九黎遗民,似是不约而同地得了某种神秘的召唤,一齐向着山村东南的巍巍群山叩头祷拜,口中念起语音奇特的经咒。

在他们一齐祷念之时,寂静的山村里,忽然从村落四处腾起一股股暗红的轻尘。轻尘在黑夜中几不可察,然后连接成块,四处弥合,转眼便形成一张巨大而单薄的火色云膜,飘飘忽忽,朝着东南群山悠悠飘去。

等淡薄火云飘去之后,村中跪拜祷祝的老老少少,又一个个默不作声地鱼贯回到各自的屋舍中去了。转眼间山村又恢复了之前的静谧,仿佛刚才什么都没发生过。

万籁俱寂中,只有那一点青幽的魂火,正在凄迷暗夜里发疯了般朝村中这边飘来!

第七章
幽堂蔽日，忽飘四海之魂

村民祷祝催起的火气云霾，早已把宜雪堂中来回踱步的四海堂堂主惊动。

一觉察出窗外有异，小言立即叫醒正在里屋熟睡的琼容和雪宜，一起站到草堂外碧水池畔的柳树阴影中，悄悄朝东南方向观看。

正当小言瞧着那层飘飘忽忽的异样云膜若有所思时，只听身旁琼容小声惊叫，然后压低嗓音说道："哥哥你快看，那是什么？"

"嗯？"得了琼容提醒，小言这才发现东南方向那团云霾经过的山坡上，忽有一点青幽的火光朝这边迅疾飘来。

看到那火光飘忽闪动的急促模样，小言心知有异，赶紧牢牢盯看。

果不其然，没过多久，那团好像在躲避追赶的魂火，在翠黎村与山坳交界的边缘团团转了几个圈，然后便一头朝这边飘来，转眼间就到了眼前。

此时乌云满天，夜色朦胧，但小言仍看得分明，在这团几近透明的魂火之后，暗夜中又有两团几乎不易察觉的暗影，正像抓捕犯人的差役一般紧随其后。看暗影如影随形的急切模样，显然那两团黑白不一的暗影，正在阻止那团青火朝这边飘来。

只不过，等青色魂火快到自己这三人跟前时，那两团暗影显见起了畏缩之意，只在黑咕隆咚的沟坎阴影里逡巡徘徊，似乎不敢靠近这里。

见得这样，心中满是疑惑的少年堂主如何肯放过，立即晃动身形，放过那团前来投奔的青色魂火，如鬼魅般朝那两团躲躲藏藏的魂影激飘而去。只是，饶是小言疾行时并没带动一点风声，但迫人的气势还是把那两个正在观察形势的魂影惊动了。几乎就在小言举步的同时，那两个魂影顿时吃了一惊，赶紧翻转身形，如轻烟般一转，便想朝远处逃去。

"还想逃！"

见那两个灵怪身形如此迅速，就似一道旋风般朝远处山梁逃窜，小言反倒停了下来，将手中神剑一挥，口中低喝一声："止！"

话音落处，那两个正在夜空中没命逃窜的灵怪，立即噗噗两声一头撞在两堵几乎看不出颜色的暗淡光膜上。于是两个灵怪顿时便像撞了墙的苍蝇，吱吱怪叫着跌落在地。还没等他们来得及反应，两张墙一样的光膜便呼一下席卷而至，将他俩团团裹在一起。

"给我过来吧！"

正所谓"一法通，万法通"，以小言现在的道法造诣，要逮住这两只小灵怪实在不费吹灰之力。转眼间那团暗光流动的光膜，就裹着那两只灵怪朝这边飘来。先前那团青色魂火，现在已立定化作人形，目瞪口呆地看着两个凶猛异常的灵怪，如同两只老鼠般狼狈不堪地被人网罗而来。

"哥哥真厉害！"琼容见小言手段神奇，忍不住拍手赞叹，继而好奇地问道，"这叫什么法术？"

"鬼打墙吧。"小言此时无暇细想，随口答了一句，便仔细观察起眼前这两个灵怪来。

"道兄？"树荫中，光影暗淡的青色鬼影正愣愣出神，便听小言喊了一声。

小言打量了一下青色魂灵,见他看上去大概二十来岁模样,长方脸,眉目清正,身上穿一件夏天才穿的短襟道服,头上戴道冠,足下踏芒鞋,一身道家行者打扮。

听小言呼唤,这个道士化为的魂影才如梦初醒,忙不迭地打了问讯,回礼道:"正是贫道。"

听他答话有礼,小言略一思索,便客气说道:"道兄请屋里说话。"

话毕抬手往远处一招,将那两只恶灵席卷而至,呼一声掷进宜雪堂里,然后便招呼着道魂进屋说话。

等到了屋里,小言先问了一下青色魂灵的由来,才知道他名叫蓝成,原来也是位道人,大约半年前在这片黎寨中遇害,化为冤魂,只等有道家同仁来替他报仇。蓝成正是闻得小言的道门气息,才急急赶来。

一听蓝成之言,小言唏嘘慨叹之余,便问他出自哪个师门,为何来此,又到底被谁杀害。只是,虽然小言问得详细,但不知是否已经化魂的缘故,蓝成道兄现在已是记忆模糊,言语支吾。他虽然此前一直急着想把自己的冤屈说清楚,但等真见到小言这个道门师弟,却忽然发现自己头脑中一片混乱颠倒,全然理不清头绪。

眼见终于碰到一位神通广大、役鬼如神的道门师弟,自己却什么都说不清楚,直把冤死的蓝成道人急得抓耳挠腮,在宜雪堂中飘忽奔窜,四处撞墙!

不过,虽然他言语错乱,叙事颠倒,但小言还是听出一个重要的关窍:"这些事,果然都与族长有关……"

原来小言发现,这位急得撞墙的蓝成鬼魂叙述生前所有的记忆,说到族长家时便戛然而止。自己一提苏黎族长的名字,这魂灵便吓得发抖。看来,苏黎老确是大有古怪。和先前料想的一样,入寨这几天自己观察到的种种可疑之处,都与此间族长脱不了干系。

想到这儿，又见蓝成急作一团，小言便赶紧安慰："蓝道兄少安毋躁，这事小弟一定会查个水落石出，为蓝兄讨回公道！"

听得如此，蓝成顿时安静下来，只在那儿喁喁言谢。

安顿好蓝成，小言腾出手来，便冲门口一招手："你们过来！"

"来了来了！"答话的正是先前那两个紧追蓝成不放的恶灵。

现在这俩一黑一白宛如黑白无常的灵煞，身上那层可怕的光膜早已撤去，小言也放着没管，但他俩却一直不敢走。听小言问话，这俩蓝成十分畏惧的凶猛恶灵，便赶紧凑了上来，一脸谄媚地回答："在这儿呢！不知鬼王大人有何吩咐？"

"呃……"听得这俩恶灵这般称呼自己，小言倒是一愣。下意识地看了看指间那枚司幽冥戒，小言心道："莫非是这戒指起了作用？"

念及此处，他便决定先不动声色，赶紧装出一副威严神色，喝问眼前这俩一脸谄笑的凶煞恶灵："你们俩有名字吗？叫什么？"

"丁甲！"

"乙藏！"

二灵争先恐后回答，唯恐一时答慢。

"哦，丁甲，乙藏，还挺响亮。对啦，既然你俩不是无名小怪，为何还要为难我这位蓝成道兄？"

原来刚才听蓝成说，这俩恶灵一直欺他是新魂，百般刁难戏弄，成日驱逐，几乎让他没有立足之地。正因听得他们如此可恶，小言才准备帮他兴师问罪。

一听小言问责，二灵顿时着了忙，尖尖的耳朵上不住渗汗，枣核样的头脸上又露出可怜的表情，哭丧着脸连说"这是误会"，是他俩有眼无珠，怪眼看人低，不该冲撞鬼王大人的朋友。

见他俩如此恭敬，小言哼了一声，不再追究。丁甲、乙藏两个恶灵顿时如蒙大赦，赶紧顺着小言心意，将自己知道的所有有关火黎寨的古怪，竹筒倒豆子般滔滔不绝地说给小言听。

直到丁甲、乙藏说话，上清宫四海堂堂主才知道，原来苏黎老族长口中的"灾星"，是一位晓得降雨生水法术的女子，黎寨变得山清水秀，就是她的功劳。

只是听乙藏说，现在那女子已被当作害人妖怪，让那位知晓上天意旨的老族长着人绑缚到了东南群山中。每逢初五、十五、廿五的深夜子时，老族长便命族中火黎一脉遗民一齐跪拜祷祝，用他们祖先蚩尤大族长遗留下来的火性气息，镇压水性女子身上的妖气。

据说，这样的祷祝镇压做满七七四十九次，全寨人的灾星便能真正魂飞魄散，再也不能给村寨作乱。老族长说，到了那时，上天便会体恤他们的一片诚意，从此再也不给村中降灾。

"原来如此！"听得这一番连篇鬼话，小言心中顿时豁然开朗。

盯着眼前两个恶灵，再将此事前后思忖一下，四海堂堂主便有些快活起来："哈！如果他俩说的是真的，那她就该还没死！"

想到此处，小言心情大好，一时差点儿高兴得蹦起来。

努力按捺住心中喜意，小言看了一眼面前这几位，想了想便安排道："我们这样，琼容你来陪这几位灵怪叔叔在屋里玩，我和你雪宜姐姐出去探查一下！"

"好！"琼容脆脆地应了一声，便朝这几个灵怪嘻嘻而笑。

此后小言和雪宜便一路悄悄向村寨西南族长家蹑足而行。

刚才听了蓝成之言，小言觉得要想解开村寨中的种种古怪，察访到曾经来访的水精，关窍便该落在那位似乎德高望重的苏黎老族长身上。

这时,夜空中正是乌云密布,四处一片黑暗,正好掩住他们的身形。

渐渐地,小言便和雪宜靠近了族长家那个坐西朝东的院落。按着小言一贯的少年心思,等接近族长家,他便要请梅雪仙灵雪宜在院外替自己把风,自己则施展龙宫秘术水无痕,隐身进去探人隐私。

只是,才刚刚靠近竹篱院落,小言却忽然停住。静静地朝那处院落看了一阵,他轻轻朝旁边的雪宜一摆手,悄声说道:"今晚莫去了。我们先回。"

说罢便和雪宜一道又悄悄地折回。

原来,刚才在黑暗中,小言忽然感觉到前方那院落中一股勃勃的草木生气逼人而来。看样子,显然是苏黎老族长家那些翠碧异常的草木正在暗夜中舒展它们的气机灵觉。在小言的灵觉中,这个看似寻常的黎家院落,现在就像是伸出了无数条绿气纷萦的气机触手,在朝夜空中不住伸展探动。在这样的情况下,即使隐身,也未必瞒得过那些"耳目"。

只不过,虽然未能入内探得究竟,但此行也不是一无所获。光看那些在黑夜中仍然警觉异常的守户草木,小言便知道,这位苏黎老绝非只是他所说的那种稍能通灵的糟老头。

"嗯,那我就明日再来拜访。"回头望望那个院落,小言心中暗暗打定主意。

等他和雪宜回到宜雪堂,推开房门一看,却发现琼容正在听两位灵怪叔叔讲故事。

小姑娘一边浑身发抖地听着鬼故事,一边让那两把火影纷华的朱雀刃,在他俩头顶上盘旋飞舞。

"我怕鬼故事哦!"

见小言神情古怪地看着她,琼容百忙中认真地解释了一句,然后又转过脸去,催促那两个可怕的灵怪叔叔快接着说故事。

烛光中,琼容这位小言哥哥看得分明,那两个正搜肠刮肚竭力给小姑娘讲故事的凶灵恶煞,现在已是额角丝丝冒汗,狼狈不堪。

见得如此,小言一笑,便又去和蓝成说了会儿话,希望能再探听出些虚实来。只是此后这番详谈,小言只听出昨晚门外那声鬼哭是蓝成发出的,其他则一无所得。即使就这鬼哭细问蓝成,问他为什么要发声示警,蓝成却只是一脸懵懂,说自己只知道一定要阻止他们,否则便会出大祸乱。至于具体为什么,他摇头,什么都说不出。

又聊了一阵,看看窗外,夜色已深沉如墨。

又跟蓝成与丁甲、乙藏交代了几句,小言便抬起手臂,将三个灵怪收入了自己的司幽冥戒。

此时局势未明,蓝成又根基未固,如果再让这位道门同仁在荒郊野外游荡,甚是危险。而那俩黑白无常一样的丁甲、乙藏,又一个劲儿地表达追随之意。见得如此,小言便索性将他们一股脑儿地收入指间的冥戒,嘱咐宵芒鬼王有空时,教他们几个修炼鬼术。他已跟丁甲、乙藏吩咐过,以后蓝成要有什么事,他俩一定要在旁边扶持。

此后睡了一两个时辰,窗外便已天光大亮。和往日一样洗漱完毕,小言便叫上琼容、雪宜,一起往村南头的族长家行去。

"有人在吗?"到得院门外,小言又像昨日那样唤了一声。

此时立在院外,再看篱墙小院,又只是满眼的翠绿欲流,再没了昨夜那样逼人的灵气。

略等了一会儿,小言才听到从院中传来两声咳嗽,然后有人在屋中答道:"咳咳,老朽在。是谁呀?"

"搅扰族长了。晚辈张小言,特携新妇来跟族长见礼。"

虽然隔着院墙,老族长看不见,但小言说话时仍然双手抱拳,躬身作礼。

听得他恭敬回话，屋内老族长便应了声："哦，那进来吧。"

小言听了，吱呀一声推开篱门，便进到院中。三人走到院中那棵大香樟树下，正要往人声传出的西厢房迈步时，却又听房中传来苏黎老苍老的声音："张家小哥，实在抱歉，老朽屋中不方便有女子进入，你还是一个人进来吧。"

"好！"回头跟琼容、雪宜略略示意，小言探手按了按腰中剑，抬步就朝苏黎老屋中大步迈去。

"老族长，您这是在练法术？"

小心迈入房中，小言便看到干瘦的老族长正盘腿坐在木板床上，眼皮闭合，口中吐纳呼吸，仿佛正在炼气。

听他问话，苏黎老族长长长地呼了口气，伸腿迈下床来，呵呵笑道："呵呵，见笑了。哪里是法术，老汉只不过是习了些吐纳法，闲时练着耍耍，保养残身而已。"

"哦，这样啊。"小言听了答话，仍是一副若无其事的模样。

此后他又拿眼光在房中扫视，发现老族长的居室甚是简单，一张木板床，一张长条凳，一张梨木桌，桌上放着一只粗陶罐，还有几只喝水的茶碗。

看来虽然翠黎村变得富庶，但老族长房中依然朴素如初。朝四处大致看看，整个屋中也只有木门旁靠着的那柄鹤嘴锄，还有土墙上挂着的那支拂尘，似乎能值些钱。

"敢问前辈，您也修习道术吗？"踱步停在墙上挂着的那柄道门拂尘前，小言不经意地问道。

"小哥说笑了，老汉一个荒村野老，哪会什么道术……"

"是吗？"小言闻言，头也不回，仍是一副好奇的语气，追问道，"可是，我怎么觉得这拂尘上依附的清气，只有修道人才能有呢？"

听他问起这话，小言身后的苏黎老族长，满面慈祥的笑容已悄悄凝固，换上一副与他模样极不相称的狠厉神色。

只是虽然他脸露凶相，口中却依然笑答："呵，呵呵。小兄弟，什么是修道人？什么是清气？老汉见识少，你跟我说说吧……"

平和的语气中，在小言背后目露凶光的苏黎老，已变得判若两人，一边龇出白亮锋锐的牙齿，一边朝门旁悄悄挪去，慢慢伸手握起那柄锄头。

就在他干枯的双手握上锄柄时，那柄原本暗淡无光的农家锄头，忽然光华暗闪，已变得精光湛然！

"说说吧，什么是修道人……"阴恻恻的语气中，苏黎老已握起寒光湛然的鹤嘴锄，对准仍懵懂不觉的小言后脑勺，呼一声狠狠劈了下去！

第八章
卧雪眠云，访离魂于山阴

正当小言立在族长房中，对着墙上挂着的那柄拂尘出神时，那个先前对他一直优礼有加的苏黎老族长，却在他身后忽现狰狞面目。虽然言语间仍然不动声色，但在小言看不到之处，已是悄悄握住那柄寒光隐隐的鹤嘴锄，轻轻举过头顶，然后呼一声朝似乎毫无知觉的小言劈去。

"当！"

几乎只差毫厘就能得手，阴风惨惨的土屋内突然响起一声清脆的铁器撞击声。

"呀！没想到族长您如此勤力。"

先前恍若不觉的小言此刻已回身挥剑挡住猛力砍来的铁锄，望着一脸惊愕的老族长问道："只是老族长您勤勉便罢了，可我又不是田地，为啥对我挥锄？"

"……"

听得此言，原本惨然变色如若鬼魅的老族长，突然间又回复了慈祥和蔼的神色，唰一下收起锄头，老着脸皮说道："呀！张公子好身手，老汉倒不是锄田，只是想试试你的身手罢了。"

此刻他一脸忠厚模样，仿佛根本没听出小言话中那几分戏谑之意。此时看他这副德高望重的高洁模样，若换了旁人，即使刚才差点遭了暗算，现在也免不得疑神疑鬼，思忖刚才是否是自己看错了，真的错怪了人家。

只是这回老奸巨猾的老族长却打错了算盘。他不知道，此时站在自己面前的小言，虽然一脸纯和清正，但若遇上奸猾之徒，内里不知要更加精滑多少！

"我去给张恩公倒水。"

见情势缓和下来，老族长便搁下锄头，语气真诚地说了一声，缓缓朝木桌边挪去。缓慢的举止之间，再也看不出丝毫恶意。

看着他这副老态龙钟的模样，小言似乎再无疑虑，脸色缓和下来，虽然看起来还有些半信半疑，但仍然迟疑着道了声谢。

"看样子应该无事了吧……"苏黎老心想。

只是，正当他走到木桌边，离那锄头远了的时候，却猛然浑身汗毛直竖，冥冥中只觉得有一股阴风朝自己后脑勺扫来！

"哎呀！"

情急之下一缩脖，老族长只觉得一股寒风从头皮上削过！

"好个无良小贼！竟敢暗算老人家！"

堪堪躲过这招暗算，原本行动迟缓的老族长立即一个虎跳蹦到一旁，抓过鹤嘴锄，手忙脚乱地抵挡住小言随后兜头盖脸劈来的剑气！

听到乔装妖孽的喝骂，小言倒没跟他斤斤计较辩论谁更无耻，只是哈哈笑道："哈！今日你不想锄田，我却要练剑！"

说罢手中封神瑶光剑一阵奇光闪烁，配合着一股大力就朝那妖人天灵盖上劈去。顿时屋中一阵鸡飞狗跳，狼奔豕突。

屋中狭窄，老妖手中长兵刃施展不开，直被小言逼迫得上蹿下跳，狼狈不堪。

在这场突如其来的剧烈争斗中,屋中那些盆盆罐罐自然难以幸免,便连床上的枕头也遭了池鱼之殃。

冲突之际,也不知被谁的兵刃割了一下,那麻布枕头哗一声散开,再被一阵踢踏,立时屋中鸡毛与剑气齐飞,荞麦皮与锄头共舞,场面着实混乱!

只是争斗虽然混乱不堪,前后其实也只挨得片刻。雪宜、琼容听到动静刚赶到门边,屋中战斗便已经分出胜负。两个女孩只听哎呀一声惨呼,那个疲于奔命的老妖已被自家堂主挥剑砍中,扑通一声倒地!

"赢了赢了!"

正当琼容拍手欢呼,小言松了口气想要飞剑补上一记时,他们却忽见从那妖人尸身上遽然飞起一道绿光,荧荧烁烁,嗖一声穿窗而过,眨眼间便消失无踪。

"不好!"

幽碧光影刚一飞起,小言立即飞剑脱手,朝绿光追去。

只是那道绿光异常迅疾,等神剑飞出时早已破窗而去。只不过它逃得快,小言那道灵气十足的剑光也不落后,立即一偏,从窗户破洞中倏然追出。几乎就在这两点光芒刚一消失之时,便听屋外蓦然传来一声震天动地的恸号,其声凄厉,不类人声。

听得这嗥声,小言握住倒飞而回的灵剑,心中一喜:"击杀了?"

赶紧和琼容、雪宜一起纵出房门,朝院中看去,却只见远处阴暗云空中一道绿光划过,直往东南仓皇而去。再往四下看看,只见院中一片狼藉,乳白色的水液流离一地,满庭葱碧葳蕤的青草绿树,现已变得萎败焦枯,一片凋零。

见此情景,小言心中有如明镜:"此是妖孽李代桃僵之计了!"

想至此处心中一动，小言赶紧回身往房中迅疾一探，便见苏黎老族长尸首已颜色灰败，骨肉支离，似已经死了数月。

不用说，恐怕这是妖人将真正的翠黎村族长杀害，然后行借尸还魂之术，骗了村中众人。

亲眼见到这妖灵如此阴毒狡诈，小言不禁又惊又怒，说了句"琼容你留在此处"，便和雪宜飞身而起，朝那道绿光消失之处破空追去。

"哥哥等等我！"

琼容自然不愿与哥哥他们这样分开，见他和雪宜姐姐飞走，赶紧一阵小跑着飞起，忙不迭地朝他俩追去。

循着那道绿芒的影迹，没多久小言便御剑来到翠黎村东南的群山之上。

面对着连绵不绝的莽莽群山，小言看得分明，隔着几座山峰的一座山丘上，一个绿袍老者伫立山巅，朝自己这边遥遥而望。隔空望去，绿袍老者脸色苍白，身上隐隐有绿气闪现，看他脸形，竟如犬面形状！

"莫非它是有数千年道行的树木精灵？"

见妖灵犬面人身的模样，小言不禁想起曾经看过的典籍，似乎有一册中说千年以上道行的树精，常以青羊青犬青牛的面目示人。

正想着，小言忽听有声音如木石相击，正随山风传来："老朽木灵公凋寒。"

伫立山巅的木灵老妖拱了拱手，隔空对小言铿锵说道："这位小哥，你我都是修道之人，何苦要来管我闲事？想我木灵公修行三千余岁，看惯天地枯荣，又何惧你这几个初学末进？不如罢手便是。"

"哦？"小言闻言，停在半空山风中朝那边注目审视。

此时木灵公说出几句威吓的话后，便开始努力压抑胸中翻滚的烦恶之意，紧张地观察注视，看那几个少男少女有什么反应。

一边看时,他却在心中一边凶狠地诅咒:"好个不知天高地厚的忤逆贼,竟敢趁本仙夺魂借形法术不济之机,伤我灵根,坏我数百年修行!今日且等本仙人把你们先哄骗回去,隔日等调好灵根,再将你们打得神形俱灭!"

满心里凶狠的主意,凋寒树妖表面上却一片平和,静静地观察对方的反应。

看了一小会儿,见对方几人停在空中没什么反应,老妖便有些欣喜:"果然是些乳臭未干的小娃,如何能跟我数千年的心智相斗!"

看样子,他们应是被自己的话吓住了。见得如此,老树妖便决定再添一把火。只见他喟然长叹一声,语气真诚地说道:"唉,罢了。远近都知道,我木灵老仙向来慈悲为怀,今日就念你们几个无知,也不跟你们计较,你们几个速速离去吧……"

这和善话树妖说到最末已有些微微喘气。看来刚才被那瑶光神剑打得着实不轻,即使拼出一身法力,借得满园绿树的生机逃遁,也仍然伤得不轻。

偷偷喘了两口气,又想起之前那把追魂夺魄的怪剑,木灵老妖便愈加心惊,只盼今日早些挨过,回去调养好灵机后再来斩草除根。

此时,天空中正是乌云密布,一副山雨欲来的情状。而山峰间,又生起一阵岚烟云雾,缥缥缈缈,让人看不太清对面的景物。

就在云雾蒸腾之时,觉得自己已逃过一劫的三千年老树妖,忽听得对面传来一声清亮的话语:"木灵老前辈,有礼了!"

山雾弥漫之时,也不知小言是否真的行礼,只听云雾中话语继续传来:"既然老仙慈悲为怀,不跟我等小辈计较,那我们小辈自然也不该再纠缠。"

"对对!"听到这里,犬面老树妖满腹欣喜,心里话差点儿脱口而出,"哈!果然是才活得十几年的短命生灵,这般好哄!"

想至此处,木灵老树妖咳了一声,刚要答言,却听对面的小言继续说道:

"既然这样,那就请木灵公将本门的水若前辈放回,等我们将她迎回师门,自然就不会再来搅扰仙长洞府清净。"

"呵……"听到这里,原本一脸欣然的木灵公勃然变色,按捺住胸中翻腾的血气,顿了顿便朝对面阴恻恻地说道:"你知道的还真不少啊。"

说罢,他在那道破雾飞来的剑光及身之前,化作一道青光朝远处那片层峦叠嶂、松柏遍布的山场飞去。而在他身后,小言三人已经破空追来。小言御剑在前,雪宜飘舞在旁,琼容足踏朱雀神刃激飞在后,一齐朝老树妖逃遁的方向追去。

只是,就在他们一路紧追之时,却看到原本仓皇逃窜的木灵老树妖,越过松柏满山的山嶂之后,突然停到一处山丘上,负手朝这边遥遥相望,又是一副泰然自若的模样。在他身左不远处,有一座白石遍布的山峰,山顶平坦如镜,隐约能看到一位女子蜷侧中央,身子被数条粗大的绿藤锁住。

"轰!"

刚刚注意到那个女子,还没看清楚她的容貌身形,小言前面那片松柏满山的山嶂上,突然响起一阵巨大的啸音,奔腾啸嚎有如海浪江涛。

"小心!"

话音未落,苍绿如墨的松柏山嶂中忽飞出无数根柏枝松针,有如飞蝗一样朝他们几人铺天盖地激射而来。

"哥哥我来!"

在暴风雨般的松针柏刃之前,琼容踊跃上前,将两支神刃化成两只神火腾跃的朱雀,和自己一起飞舞着朝漫天而来的草木利箭迎去。

在吞吐灿耀的灵鸟神火面前,那些草木化成的剑刃纷纷烧毁坠落。

只是,虽然琼容身边两团神火熊熊,但满山满沟的松柏草木实在太多,在三千年老树妖的操纵下铺天盖地涌射而来,一时不见个尽头。

这时节，尾翼华丽冉冉的朱雀神鸟，再加上身姿灵动的小姑娘，在阴暗云空下往来冲突，于黑云乱雨一般的草木箭刃中，就仿佛一条无坚不摧的巨大火龙。

见得如此，小言看出琼容一时无恙，便借着草刃木箭飞天如云坠落如雨的混乱景象，和雪宜一道从远处山沟中悄悄绕过，朝正忙着操纵草木精灵的老妖杀去。

此刻老树妖一边操纵着自己的子孙跟琼容、神鸟对抗，一边还在心中赞叹："呀！那女娃儿刀灵，果然不愧是火离之长，也只有我这样法力高深的长寿木仙能跟她相抗衡。只是可惜，如果我能早点得到水精的精元灵力，今日又如何会被这几个短命小鬼逼得如此狼狈……哎呀！"

正当木灵老妖自赞自得时，忽然觉得一股寒意飙至，眼角一瞥，却见不知何时小言、雪宜已从自己左边悄悄杀至！

见得如此，老树妖口中赶紧呼喝出几声古怪音节，跟满山的子孙精怪交代完，便仓皇飞到旁边那座巨大的白石坪上。小言、雪宜此时迫得近了，看得分明，见那白石坪中被妖藤锁系的女子，鸭蛋圆脸，容貌韶丽，微腴的体态婉转婀娜，正静静地蜷伏在石坪中央。

此刻看她有如清雪的面容上，双目紧闭，一脸憔悴，任山风吹乱自己的发丝，恍若不觉。而她欺霜赛雪的身躯上，衣物褴褛，仅能蔽体。如此一来，即便青涩的小言也留意到，女子光洁的小腹现已微微圆凸，显是有了身孕。

如果自己前后所料不差，不远处那个女子，就该是自己门中那个走失的水精化作的人形，也就是那个苏阿福口中的"亡妻"苏水若了。

终于见得自己寻觅将近一年的水精，小言此刻却不知是该惊还是该喜。

只望了一眼，与水精也算同门的四海堂堂主，便朝她身后不远处那个木灵老树妖喝骂道："好妖孽，竟敢私禁人口！今日遇得我人多，知趣的就赶快把人放了,否则定斩不饶!"

对他这恐吓的话,老树妖自然嗤之以鼻,毫不理睬。

哼了一声,见两个不知死活的少男少女攀上石坪,就要奔扑上前,原本还有些顾虑的犬面老树妖再无迟疑,口中低喝一声,石坪中上清水精身上的藤蔓应声消失无影。又听他叫得几声古怪咒语,原本闭目若睡的水精,身上便忽然闪起一阵惨绿的光华。

与此同时,又从四下山野中飞来无数道绿色的光环,前赴后继,朝她身上不停地箍套下去。就在绿华急闪之时,水精开始满面痛苦,身躯不停扭动挣扎,但稍停一阵后,她脸上便痛色全消,猛然睁开双眼,就如同中了魔魇一般,死死地朝小言、雪宜二人盯看。

"这是……"

被清丽水精神色古怪地盯得发毛,小言一愣之下,立即清醒过来,知道这不知为何会被树妖禁锢的水精,现已被操纵,恐怕下一刻便要朝自己杀来。

果不其然,心中刚一忖及,如痴如醉的水精便突然弹起身形,挺身俏立,昂首向天长号几声之后,双手之中已各多了一支冰锥。锋利晶莹的冰锥寒光四射之际,水精有如护犊的母虎般朝小言这边猛扑过来。伴随着那流水般的身形,方圆几里的石坪上忽然下起纷扬的雪花,霎时间变得寒冷无比,小言很快便打了个喷嚏。

这时小言身边同样清冷的雪宜,叫了一声:"堂主,这里交给我了!"

前日还被村人当作新妇的梅雪仙灵,现已飞身挡在小言身前,手握着碧华纷纷的璇灵杖,紧紧盯住对面挟风带雪攻来的水之精灵。

见雪宜手握碧朵纷华的灵杖,原本飞扑而来的水精突然凝滞身形,放缓了足步,朝这边一点一点慢慢走来。

在轻轻的足音中，她周身飞舞的雪花更密更浓，冰光更浓更胜，方圆数丈内隐隐闪动着水蓝的光华。此刻石坪上已变得极为冰寒，仿佛所有一切就快要被冻得凝固。

石坪上如此冰寒，以至于道力渊深的四海堂堂主，也禁不住牙根嗒嗒嗒上下激烈碰撞。在千年水精激发的雪气冰寒中，别说是上前争斗，就是努力睁眼立足，已是大为不易。

见此情形，正忍不住不停打着哆嗦的小言，忽似想起了什么，立时清醒过来，极力压制住浑身的冷战，准备奋起身形减轻雪宜所受的逼迫。只是，就在这时，小言却忽然听到身前人口中传出一声清灵绵长的娇啸。

"呃？"

在这声有若夹带着雪魄花魂的冰灵吟唱声中，小言看见阻挡在自己身前的女子，身上原本穿着的层层裙袄，突然间分崩离析，碎裂的衣片不住朝四下抛去。转眼间，只见眼前一阵冰光缭绕，碧气纷华。还没等其他人回过神来，梅雪仙灵身躯上却起了奇妙而绮丽的变化！

"唔……"

见到这一神妙的变化，小言再无迟疑，深吸一口气，足尖点地飘然而起，化作流光一道，掠过白石坪上漫天飞舞的冰雪，朝远处作恶多端的妖灵奋然杀去！

第九章
幻影凋形，如秋堕之梧桐

于千万年洞天福地绝顶高峰汇聚成形的水精，即使因某种缘故法力大打折扣，但此刻挟风带雪而来，声势仍是威不可当。

苏水若身边雪花轻盈飞舞，缓步而来的足音微不可闻，但就是在这样无声的寂静里，任谁面对着她，都会觉得眼前整个天地乾坤瞬间被冰冻收缩成一把巨大的冰锥，裹挟着极冷极寒的冰浪汹涌而至。

在这样的酷寒面前，若换了常人，早就被即刻冻僵，撕裂散碎成无数细小的冰块。莫说是对敌，就是被那千万年至阴至寒的水灵望一眼，恐怕也早就魂飞魄散、尸骨无存了！

面对着这样凶险的五行精魂，同样是在清幽洞天中天生地成的至清灵物寇雪宜却夷然不惧。

感受到巨大的水寒之力压来，冰崖上天生凝结的灵魄再无迟疑，仰面一声清吟，随着身上衣物碎裂成片，身躯上闪耀起璀璨的光华。

在这阵纷萦缭乱的瑞气霓光中，雪宜身后的小言还是头一回看到，面前这位朝夕相处的女子身上，已罩起天生的战甲。

定了定被宝气华光眩晕的眼神，小言只见雪宜身上已罩住华光流动的羽甲，一片片细密的甲片金银交辉，明丽修长。从后望去，有如神鸟之羽，又好似梅花之萼。

在被水精击来的寒飙激发出天生的冰梅战甲之后，寇雪宜整个人都笼罩在一团蓝色冰光中，身畔不时有寒芒闪现，激展吞吐，有如冰蛇紫电。

身上有灵甲护体，清冷梅灵一振手中圣碧璇灵杖，娇叱一声，义无反顾地奔入眼前无尽的寒流，行云流水般朝水精击去。

见雪宜破开凝滞的冰寒，原本眼神空洞的水精，也不禁现出些许惊讶之意。待雪宜破空而入后，一朵朵追魂夺魄的碧朵灵苞纷至沓来，水精识得厉害，手底丝毫不敢怠慢，素手轻扬，随手指点，立即在身前竖起一堵坚韧透明的水墙。转眼水墙之上又澎湃起滔天的水浪，其中飞出冰凌无数，尽皆作刀斧之形，呼啸着朝梅雪仙灵雪宜攻去。

转眼间，这处方圆不大的白石山顶，就已成了寒浪翻飞、冰刀乱舞的修罗地狱。

只是，虽然水精催发的冰刀霜剑汹涌如潮，但寇雪宜仍自意态闲适。面对冰凌飞来，她左右闪避，上下翻跹，在冰浪潮头飘舞往还，似乎浑不把生死放在心上。又过得片刻，奋力激发冰刀雪箭的水精发觉，对面女子越是神态轻闲，自己便越是不妙。

望一望眼前，自己催发的那些冰刀看起来虽像飞蝗一样密集，但大部分还没等逼到雪宜近前，便已被碧华绚耀的灵杖飞花撞得粉碎。余下一些冰刀，即使能飞到雪宜面前，却已伤不到她分毫。因为雪宜袅娜挺拔的身躯，似乎永远出乎想象的软绵，总能在坚硬锐利的冰刀及身之前，转折闪避，冰刀连半点衣甲也挨不着！

就这样，即使水精不住地作法，却也只能无可奈何地看着雪宜一点点逼近，丝毫没有办法。

小言见雪宜抵挡住水精，并不会落败，便再无迟疑，呼一声飞到半空中，朝正躲在白石山后的老树妖杀去。

按理说，小言此刻完全可以击出久未曾使用的飞月流光斩，隔空朝千年老树妖飞击。但不知怎么，经过先前斗室中一番乒乒乓乓的拼杀，小言直觉，自己若奔到老妖近前跟他贴身相搏，便能将他更早些擒杀。因此他现在便身剑合一，化为流光一道，朝老树妖奋勇扑去。

见他喊打喊杀地奔来，一向以三千年智谋自负，不把这几个少年放在眼里的犬面老树精，不知何故猛打了个寒战，想也不想便转身而逃。

于是一老一少，一个在前面仓皇逃窜，一个在后面紧追不放，越过重峦叠嶂，如两道流星般朝远处群山中越奔越远。

木灵老妖奔逃途中，倒也不忘施放种种法术，不时在自己身后路上凭空生出一丛竹木，又或从天外招来无数沉重的圆木。只是，这些凭空生出的竹林圆木，还不到小言方圆一丈之处，便尽数被他身周缭绕的护身光气绞得粉碎。

见如此，原本还不可一世的千年老树妖，此刻已毛骨悚然。他心中原本满腔的仇恨轻视，此刻却只化成一个"怕"字。

"罢了，今日我是真看走眼了！"

百忙中老树妖回头看看，发现自己的松柏老巢中已烟火四起，白石山顶上瑞气千条，斗得正忙。身后的少年，如影随形，自己怎么逃也甩不掉。

见这样，老树妖凋寒心中懊恼不已："唉！可笑！原以为这几个只不过是路过的无知小辈，略施小计便能将他们囫囵害了，吸了精气襄助修行，谁知到最后，却是自己仓皇而逃！"

偶尔回头看看远处的情景，木灵老妖更是气急："罢了，这回自己真是自寻死路了！瞧那个女子，原本被多瞧两眼便羞得不敢抬头，还以为只不过是个丫鬟婢女，谁承想，竟是个索命的仙将！她那个唤作妹妹只会嬉笑顽皮的小女娃，分明便是个屠戮如割草的杀神！自己身后这个气势汹汹的少年，一出手便打伤自己灵根，那修为更是——"

想到这儿，正忙着不住逃窜的木灵老妖，心中蓦然一动，忖道："呀！我真是白活了三千年，真是老糊涂了！我早该看出，他们几个不是凡人！"

先前看出这几个少男少女身负法术，骨骼清秀非常，显然灵气内蕴，神光照人，他便不免动了歪念，想用法术炼了他们的精血，增进几十年的修为。

现在这般看来，这几个看似简单的小儿女，铁定是哪处的仙兵神将蓄意装扮，变着法儿要来击杀自己！

想至此处，木灵老妖便似被一盆冰水从头浇下，霎时如堕三九冰窟之中！

不过，毕竟老树妖有三千多年的寿纪，这期间为尽快增加自己的修为，残害生灵无数，可谓穷凶极恶，见自己大限将至，又如何肯束手就擒？见小言在后面追得急了，他满腔的凶心反倒被激了起来。

定了定心神，犬面老树妖看到前面山谷间有一处平坦的河谷，顿时心生一计，按下云头，朝河谷中飘然落去。见他朝山谷中逃窜，小言自然不舍，也跟着朝下追去。

暂略过老树妖如何作法害人不提，再说琼容。身量短小的小姑娘，自告奋勇挡住满山遍野而来的山精木怪，过得这许多时，不仅毫无惧色，反而越战越勇，竟将满山面目奇诡的草木魑魅追杀得木断枝折，四下奔逃！

初时，四海堂堂主门下琼容，率领着她那两只听话的火鸟，抵挡住铺天盖地射来的松针木刃飞沙走石，她得了些喘息空当，便奋起反击，还模仿着哥哥在火云山剿匪最后的派头，呼喝着仅有的两名部下，雄赳赳气昂昂地复向那些山魈木怪杀去！

她们人数虽少,却恰是那些山精木怪的克星。两只朱雀火鸟烈焰扇腾,所到之处自然烧得山林中神哭鬼嚎,山精树怪四下奔逃,不敢阻拦。偶有穷凶极恶的山魈,逃过朱雀喷吐的火焰,死命朝粉妆玉琢的小姑娘冲来,却不料小姑娘的凶猛程度竟不亚于自己。还未等他们靠到近前,便已被扑过来的琼容一阵拳打脚踢,其间又是金木水火土五花八门的小法术一齐出笼,总叫他们讨不到好去。

　　在这场奋不顾身的打斗中,不知何时琼容背后的衣袄刺啦一声被撑破,从中生出两只洁白的肉翅,不停扑扇,向外荡漾一圈圈圣洁的光辉。斗得兴起之时,面如粉鼓圣灵一般的小姑娘,见有面目可憎的山魈树妖攻来,竟猛扑上去一把抱住,龇开满嘴雪亮的小虎牙,朝他们脖颈一口咬下!瞧她那凶狠神情,就好像一头急着想试牙的小乳虎!

　　若是此时小言看到这般情景,则任他如何想象也想象不出,平日在他面前那般乖巧可爱的小姑娘,竟还有这样勇猛凌厉的一面!

　　于是在琼容小妹妹勇敢冲杀下,木灵老树妖千年经营、原本阴秽四塞的山场,早已黑烟四起。那些残存的山魈树妖,在这场杀伐中早已被吓破了胆,四下仓皇逃窜,往别处山川溪谷逃生养命去了。而在这场风卷残云般烧过的山火之后,原本松柏掩盖的山场中竟露出雪白的骸骨,层层叠叠,触目惊心。想来,这些就是被占山为恶的山魈树妖吸尽精血的生灵了。

　　不过此时,琼容并未去计较这些妖怪究竟害了多少人,见这些坏蛋妖怪四下奔逃,没一个敢再来和自己打过,她倒有些不知道如何是好。愣了愣,忽然想起自己的堂主哥哥和雪宜姐姐去追那个老妖怪了,她便立即奋起身形,跨在其中一只火羽飞扬的朱雀身上,口中呼喝着自己也不知道含意的音节,朝正和雪宜姐姐斗得难解难分的水精大姐姐扑去。

　　琼容飞到白石山顶近前,刚要上前攻杀,却听雪宜朝她喊了一声,让她

先去帮堂主。听得雪宜提醒,小姑娘这才如梦初醒,道了声"姐姐你新换的衣服好漂亮",便赶紧竖起耳朵,在空中听了一下,然后立即朝刚才小言和老树妖奔去的方向飞去。

再说小言,见老树妖坠下山谷,便也赶紧急追下去。

"咦?这是什么地方?风景倒好。"

刚一落地,小言便惊讶地发现,自己已置身于一片绿茵草坪。稍抬眼朝前望望,竟见草坪上生着一片果林,林间枝头结满火红的柿子,一看便让人馋涎欲滴。

在芳草如茵的草坪上转了几圈,赏了会儿野花,小言便觉口渴,不觉自言自语地说道:"嗯,追得这许多时,口也渴了,去那柿林中歇歇,摘些柿果吃好了。"

说罢,他便信步走入果林,抬手朝那树间的果实摘去。

"哈哈!看来先前还是本仙错估了。原来此人是三人中功力最弱的!"

此时数十丈开外,立在绝对安全距离之外的木灵老妖,见小言步入自己匆匆设下的幻境,竟丝毫不疑,乐得哈哈大笑。

得意之余,见小言已走到自己陷阱幻阵的阵眼垓心,老树妖心中说道:"好个不知事的短命后生,看来没经历过这样高深的幻境吧。今日我就叫你死无葬身之地!"

到得这时,只要小言伸手摘下实为石块的柿果,老树妖的毒棘幻阵便会全部发动,转眼小言便会被千万根剧毒荆条贯穿而死!

"快摘!快摘!"

到得这个节骨眼儿上,饶是老树妖有数千年的修为,也禁不住心急气躁起来。

就在这时,千年老妖木灵公凋寒,忽听得远处有呼呼破空之声,抬头一

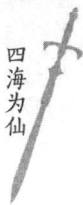

看,正是小丫头在阴暗云空下飞天而来。

"此时赶来,怕也晚了!"见琼容已然来得迟了,老树妖忍不住阴恻恻地脱口嘲笑。

正在这时,却听得前方远处有声音说道:"琼容,泼水!"

"是!"

正紧张无比地急待小言触动阵眼时,老树妖忽听到远处这两声轻快迅疾的对答。

"哈!泼水?就是泼冰也救不得你!"

虽然少年未触动阵眼,但已步入幻阵中央,自己稍一操纵便能让他骨消肉化,尸骨无存!只是这样,他死得便不那么痛苦罢了。

正当木灵老树妖撑开枯树般的手臂,急赶着在空中划圈作法时,也看到一道道荆棘从地底钻出,毒牙一般朝幻阵中央的少年身影咬去,心中却悚然一惊:"不对!刚才少年那声音位置虽远,但好像不对!"

念头刚起,他便听得自己咫尺之旁,忽有人冷冷哼了一声。一听到满含嘲弄的冷哼声,正疑神疑鬼的老树妖顿时便惊得魂飞魄散!

只是,木灵凋寒还没来得及向后急避,便只觉得颈后一寒,然后他的脑袋便高高飞起,翻转着看到了自己眼前所有真实的情景。原来施展瞬水诀而来的小言,早已如旋风般横剑掠过,奔到他身后数尺!可叹千年老树妖木灵公,害人害己。正是:

> 幻影凋寒,
> 一千年而作盖。
> 流形入梦,
> 三千载而为公。

负栋梁兮时不知，
未学春开之桃李。
冒霜雪兮空自奇，
遂如秋堕之梧桐。

第十章
杀途驻步，观幽花之明灭

且说木灵老妖凋寒，施出毒棘幻阵想让穷追不舍的小言骨消肉化，谁知到头来自己却落了个身首异处的下场。千年老树妖，至死都不明白，为什么看到小言明明就在自己阵内，最后却从别处出现。

老树妖凋寒并不知道，跟他对敌的小言自从有了宵芒相随，便大致留意过冥王的幻术之理。上次为了身入魔洲险地，又做了好些准备，早就跟宵芒详细研习过迷术幻术。因而，虽然学了没多久，但他本人用心，再加上宵芒本就非无名小辈，小言于幻术上的造诣自然已是不凡。老树妖仓促布置出来的毒棘幻阵，又如何瞒得过他的眼去？

刚才，只不过是小言略施小计，反倒让凋寒自己产生了幻象，以为小言已轻易踏进他布置的幻阵陷阱。实际上，小言一直在旁边看他表演。等到琼容赶来，这俩默契非常的兄妹，便一个泼水，一个水遁，和平日玩闹的古怪内容一样，迅即逼近到树妖近前，转眼就将他斩落尘埃。

再说犬面老妖凋寒，被小言一剑砍翻，身首分离时腔子里立即喷出三尺多高的绿光，接着整个瘦长的身形便像被抽空了一样，那袭绿袍呼的一声委顿在地。片刻之后，这袭铺盖在地的绿袍底下，朝四外迅速蔓延出许多粗大的树根筋络，一路推开河谷沙滩上的石砾，匍匐延展出去半丈多长。在此之后，所有筋络便不约而同地停止了蜿蜒，静止在地表不动。

此时，那道从老树妖颈腔中喷出的绿色烟光，却也一样静止不动，不凝也不散，如一段发光的碧玉柱，荧荧杵在脚下这片河谷旁。在阴暗的云天下，旁人很难看清，这段荧光闪动的光柱中，还隐藏着一双恶毒的眼睛，宛如兽目鬼睛一般，在烟光弥漫的碧绿光中飘飘忽忽，几乎淡不可见。

"好看！我摸摸！"

见了碧绿光柱，琼容却不管其他，只觉得它特别莹洁可爱，顿时便想奔上去摸摸，看是不是和看上去一样光滑。

"等等！"小姑娘这样冒失，自然被她的堂主哥哥一把拉住。

将不情愿的小丫头推在身后，小言对着这根烟影迷离的翠色光柱，静静凝视半晌，双目中神光闪动，若有所思。

片刻之后，琼容便见小言忽然上前，迅疾伸手，双掌抚上这段光华叵测的翠碧烟光。

霎时间，就如同冰雪遇到滚汤，这段奇异的绿光，在小言泛着清华的双掌抚按下，越缩越短，越变越淡，直到最后一点光气黯然而灭，全部收在了小言掌中。

至此，在小言的炼神化虚之下，为恶一方的三千年老树妖，就只剩下那些蜿蜒于地表的脉络木筋，餐风沐露，与时枯荣，也不知有没有奇缘再炼灵根了。

琼容看了小言的举动，若有所悟，气咻咻地想把老树妖残留的根基一把火烧掉。但她刚举起红光闪闪的火刃，便被小言拉住，转身一起离去。在小言心中，此时除恶已尽，还是要给天地间的生灵留一线应有的生机。

其后，经过刚才老树妖布下的幻阵时，小言看到毒棘丛中散落着一株鲜花。与那些颜色萎败的荆棘不同，老树妖死后，这株光影隐约的三苞鲜花仍然叶色鲜丽，花色晶莹。见这花奇异，小言心中一动，便袍袖一卷，将那株花笼到袖中。

从河谷出来，御剑踏上云光不久，小言、琼容二人便看到远处一片彩气缭绕，其中有一朵瑞彩云光正朝这边飞快飘来。不一会儿，小言便看到一身冰梅战甲的寇雪宜，正在山风岚烟中朝这边翩然飘飞。在她旁边，立着一人。小言看得分明，那人正是不久前才与雪宜对敌的水精苏水若。现在苏水若的脸色更加苍白，神色萎靡，脚下虚浮，无力地倚在雪宜肩头，就仿佛被抽去了全身筋骨一般。

此时在野地会合，来不及多言语，只大概说了下各自的战况。从雪宜的轻言软语中，小言了解到，就在不久前，苏水若被雪宜无孔不入、暗藏杀机的灵杖飞花逼得不住后退，但即使险象环生，也仍苦苦支撑。只是，大概就在半刻之前，极力催动风刀霜剑抵挡的水精苏水若，突然呆立不动，然后整个人便倒在一片冰雪之中，不省人事。

听得雪宜之言，小言略算算，水精扑地之时，大概就是老树妖被自己斩杀之刻。显然，应是老树妖殒命之时，操控水精的邪法也随之消逝。

四海堂三人剪除妖孽得胜归来，一路半云半雾，掠过巍巍群山，朝火黎寨飞腾而去。因水精有孕在身，他们也不敢飞得太快，只朝火黎寨缓缓而行。

正在山峦上空飞时，飞在前头的琼容，却忽然大叫一声："有妖怪！"

然后她足下踏着的那只火鸟羽翼一偏，翩然朝下坠去。见如此，小言赶紧吩咐雪宜护住水精，然后两人也跟在琼容后面，一起朝地上落去。

须臾之后，小言便看到前面那条山路旁的乱草丛中跪着一个中年汉子，汉子一身短打扮，葛衣薛带，头上戴着顶八角虎皮帽，尖尖嘴，圆脸庞。现在这汉子正急白着脸，跟眼前的小姑娘努力解释着什么。琼容此时则两只小手别在身后，身子左一摇右一摆，乌溜溜的眼睛瞪得溜圆，一脸严肃地瞪着眼前这位大叔，似乎并不相信他的话。

等小言和雪宜走得近了，便听得警惕的小妹妹正煞有介事地盘问："你，真的不是想来害我哥哥的妖怪？你可不要以为我笨，就来骗我！"

小姑娘说这话，自有她自己的道理。虽然琼容一直认为自己也是只有些可爱的小妖怪，但经过一年多来的认真思索，她已得出一个简单而正确的结论：这世上，其实只有两种妖怪，一种是想来害自己堂主哥哥的妖怪，另一种就是像她这样，喜欢自己堂主哥哥的妖怪。

现在，她就在按照这个简单的标准仔细甄别，看眼前这个着急上火的葛衣大叔，到底是不是第一种不好的妖怪。如果是，她也只好学哥哥的样子，再来斩妖除魔了。

许是感觉出眼前看似幼稚的小丫头蓄势待发，专为某事而来的葛衣山妖不禁冷汗直冒，大叫着冤枉，小心解释道："大仙冤枉啊！即使大仙您借我一千个胆，我也不敢有半点害你仙兄之心啊！"

一想到小女仙不久前才将一整座山场杀得如同炼狱一般，葛衣山妖额头鬓角冒出的汗珠便越发多起来。

"哦！这样啊……"

听了这理由，琼容似乎有些被说动，咬着嘴唇呆呆想了一下，便撇着嘴，问了另一个问题："那大叔你为什么要挡住山路，喊着让我们别走？"

原来琼容耳灵，早就听到云光下山路中，有人喊着让他们留步。

"这，这是因为……"

原本能说会道的葛衣山妖，面对着这个小丫头，舌头却一时打结，说话好生不利索。不妙的是，见他言语吭吭哧哧，原本半信半疑的琼容脸上疑色渐渐转浓，愈加紧盯着他。越是如此，葛衣山妖就越是紧张，眼见着小姑娘

就要发难,不小心就是场人间惨剧。

正当葛衣山妖面如死灰时,幸好小言、雪宜已经赶来。到得近前,为首面相年轻、神采丰华的小言,将可怕的小杀神琼容拉到一旁,然后一脸和蔼地问道:"请问这位大哥,不知为何找我们?你先起来,不用跪着和我们说话。"

听得和蔼而亲切的问话,刚被吓得魂不附体的葛衣山妖顿时如释重负,感觉自己刚才竟就快哭出来了。听上仙命他站起说话,葛衣山妖不敢不从,赶忙小心翼翼地站起,垂着手恭恭敬敬地站在一旁,大气都不敢出上一声。许是只顾着要在这几位神人面前如何守礼,葛衣山妖倒一时忘了小言刚才的问话。

见得如此,小言只好又把刚才的话重复了一遍,葛衣山妖这才又打开话匣子:"禀上仙,小人佘太,在这火连峰中修行,从来没做过害人之事。"

在这几个刚在山中降下天谴的神人面前,自然一定要先把自己的良善经历摆出来,之后才能安心继续说明自己的来意:"小人本相是这山中溪涧边的一条蟒蛇。其实即使小人不说,几位上仙也能看出来。今天小人冒死挡了几位上仙的云路,就是想奉上一点薄礼,好谢过上仙解救之恩!"

"呃?我们何时救过你?"

听了蟒妖佘太之言,小言一脸莫名其妙,不知他这话从何说起。又见他一口一个"上仙",小言赶忙谦逊道:"佘兄莫要太过誉,我等都是修行之人,你叫我张小言就行了。"

听得此言,蟒妖佘太如何肯信。目睹过眼前这几人的手段,再看看眼前神光淡定的女仙身边祥云缭绕、雾彩千条的气象,他又怎会相信他们只是凡间普通的修行人?虽然他道行微末,但此刻只要不是瞎子就看得出来,这几个神采俊丽的男女,都是天上降下的神人!

原来此时，雪宜因为身上战甲过于贴身，见有外人，便让身边雪光变得更浓。细小如尘的银雪如烟云般罩在身畔，再被流光焕彩的冰甲一照，真是霞光隐隐，瑞气千条，恐怕就是天上仙子真正降临，也比不上她现在这样的万千气象。

顺着佘太的目光看了雪宜一眼，小言叹了口气，也不再坚持让蟒妖改变叫法。

再说佘太，见小言面上露出些疑惑神色，便赶紧毕恭毕敬地禀告道："张大仙在上，小人今日挡了仙驾，确是为报救命之恩。上仙您不知道，那涸寒老妖作恶多端，在火连群峰中结党营私，伙同着他那班子孙魍魉，在山中祸害生灵，截断其他修行灵物的生路，弄得四方早有怨言。只是他们势力广大，树妖一族又盘根错节，我等异类生灵即便心有怨气，也都敢怒不敢言。

"至于小人我，不怕几位仙人笑话，生性胆小，更不敢和他们抗争。见他们为祸，早就避得远远的，寻了一个清净处，自己勤谨修行便是。

"谁知真应了'闭门家中坐，祸从天上来'那句话，我竟没想到，我寻到的这个偏僻山谷中，竟长着一株奇草，一茎三花，名为七叶三花龙剑草。那花瓣的样子，就像晶莹的小剑。据传说这草是因为山间灵种听了路过的神龙吟啸才长成，所以才被称为龙剑草。"

许是心中激愤，蟒妖佘太一口气说到这儿，才顿了顿，继续说道："这草名，我也是后来才知道的。原本我刚搬过去时，只是看它叶色好看、花香好闻罢了，没想到它竟是株灵花仙草。要是早让我知道了，就是打断我的七寸也不敢把家搬到那儿！"

"哦？这是为何？"听到这儿，小言却有些迷惑不解，"有灵花仙草相伴不是很好吗？据说日夜相伴，可以增进修行。"

此言说完，却听佘太悻悻说道："上仙所言极是！只是上仙有所不知，像我这样法力低弱的小怪，遇上仙草反倒是祸患！"

说到这儿，佘太重重叹了口气，苦着脸说道："唉！坏就坏在它是株仙草！也算我老佘倒霉，怎么搬去前不仔细察看察看。结果，我前脚搬去，那老树妖手下的小妖后脚就跟来了，没几日这龙剑草便被他们知道了，我从此便永无宁日！"

"咦？那是为何？"听到这里，小言还是不知道为何会惹来祸患。因为虽然说怀璧有罪，但佘太既然无心占有仙宝，那就不妨交出，也就该无事了。

"唉！"听小言把心中想法说了，蟒妖佘太又是一声哀叹，一脸晦气地说道，"上仙所言不差！原本我也是这么想的，将仙草山谷让出，自己搬家便是。"

"对啊，那不是两便？难道他们还要为难你？"看着佘太一脸凄凉的模样，小言就知后事不妙。

果然，只听佘太恨恨说道："是啊！按理说这样也该没事了。谁知，凋寒偏偏一口咬定，说什么灵花仙草乃天地异宝，旁边必有神兽守护。他一定要除了那守护神兽，才能安心得到龙剑草！"

"啊？"听得佘太此言，小言差点没一口呛住。

"是啊！"饶是谨记在上仙面前不可失礼，但佘太努力保持平静的脸上仍现出好几分愤色，"若是凋寒老妖讲理倒还好！我当初选那山谷，只不过是觉得它向阳，阳光充足，而我天性怕寒，想多晒晒太阳而已！

"唉！随后这五十多年中，我就被老妖党羽一路追逼，已经搬家无数次，记不清多少次跋山涉水，辗转迁徙，到今天连修行伴侣都没顾得上找一个。偶尔也有合适的母蛇灵，正谈得相契，谁知一听说我真名，知我是老树妖追击的著名'守护神兽'，立马望风而逃，生怕沾上我的晦气！"

说到此处，佘太又想起他这五十多年来的孤苦伶仃、颠沛流离，不禁言语激动,十分伤心。

见这样,一直警惕观察他的小姑娘,也有些不好意思起来,后悔自己刚才那样使劲地盘问他。

只听佘太又说道:"那老树妖,最近又得了一只水精。水能润木,真要让他获了水精全部的生机灵力,我的平安日子便更加遥遥无期了!"

看来,蟒妖在逃亡的日子里,也研究了些人间典籍,否则说话不会这么文绉绉。

说到这时,佘太忽然语气一转,欣然说道:"所幸,老天还是有眼的!这些天老树妖忙着逼取水精灵力,无从顾及,今天我便潜过来看看风头如何,看看能不能寻得一个空隙,杀他一两个手下山魈木怪。即使殒命,也好歹算是出了口气!"

看得出,眼前谨言慎行的蟒精,这些年也是被逼得狠了,否则也不会做出这样不要命的行径。

"呼!"听到这儿,聪明的小丫头已经先松了一口气,眨了眨眼睛,甜甜地笑道,"妖怪叔叔,我知道了!是不是今天我们替你打了那些妖怪,你要来谢谢我小言哥哥?"

"正是!"听小仙子说及,佘太神色激动,赶紧转身从旁边乱草丛中取出一只朱漆木盒,双膝跪下,双手将盒捧过头顶,不顾地上沙子石砾硌腿,急急向前挪移几步,在朱盒下低着头虔诚祝道,"大仙在上,火连峰微末小妖佘太,特献灵芝一株,为上仙寿!"

"这……"见蟒妖语气真诚,小言几番推辞不过,只好将清香流溢的朱盒接下,交给琼容暂时保管,然后便上前将佘太搀起,退后几步躬身行礼,跟他郑重道谢。

再说佘太,见几位神仙收下他的薄礼,高兴之余,又觉得极有脸面。看来，这次能与上仙一番对答，以后再去寻之前那个母蛇精，求为修行伴侣，应该再不会被她急着烧退纸钱了。

临了告辞，佘太又求上仙训示。原本，佘太想着，这些仙人应该和自己乔装买来的小说典籍里说的那样，跟他训示几句，警告他要谨守本分，老实修行，不可危害人间，然后便发放他回归山林而去。自然，他佘太也会谨遵仙人号令，做个本分老实的修行小妖。

只是，让佘太始料不及的是，眼前这位名号"张小言"的上仙，听了自己的请求，竟真个跟他讲述起修行的要诀来！讲述之时，真个是仙风扑面，字字珠玑！佘太听了，一时心情激荡，直欲晕倒，差点便漏听几个字——当然，这是不可能的。要是真漏听一字，日后不能领悟神机，那便真是万悔莫及了。

听完教诲，佘太想了想，觉得法力广大的仙人，应是看出自己根骨颇佳，才不惜泄露天机，耳提面命。看来，自己以后不该整天只想着找什么修行伴侣，寻得个固定住处，而应按照上仙谕旨，努力修行才是！

再说小言，跟这位存心良善的蟒妖讲过一番自己的修道心得要旨之后，正要告别，忽又想起一事，便从袖中拈出先前在木灵公毒棘阵中卷来的鲜花，问佘太这是不是他刚才所说的那株七叶三花龙剑草。

佘太一见小言出示的花朵，自然满口称是。现在他再看到这株害他无家无室的奇花异草，心中真是百感交集。不过这时，佘太已知仙人对自己期望甚大，自己就更不便露出什么大喜大悲的神色了，唯恐会让仙人失望。

努力平复了一下心神，佘太又仔细看了看小言手中这株龙剑草，见它隐隐淡淡，已将近半透明，便有些可惜地说道："禀仙师，这龙剑草被木灵公灵力养护，精神相连。现在木灵公亡去，这仙草也成冥物，恐不能助上仙修行。"

这时候,得了鼓励的蟒妖已不再满口"老树妖",而是换了个大度的称呼。

小言听了,便问:"那我想打听一下,如果我有朋友在修冥仙,此物适宜吗?"

"那自然最佳!"

问过此事,又随便说了几句,小言便送别佘太。

佘太走后,小言端详了一下手中这株无意得来的仙物,心中已有了主意。招呼了一声,水精苏水若被梅雪仙灵雪宜半扶半拽,和蹦蹦跳跳的琼容一起,跟着他来到一处石岩阴影中。此时云天上乌云滚滚,四下里一片昏暗,虽然才是中午,却已如日落之后的夜幕。

在夜色一样的阴影中,小言从司幽戒中召唤出先前藏匿其中的蓝成灵魄,还有丁甲、乙藏。等蓝成出来,小言便把那花叶俨然的龙剑草交给他,又交代了几句口诀,看他凭借着这株仙冥异草,能不能修炼成仙。

说来也怪,原本光色透明的龙剑草,一到蓝成手中,忽然光华一闪,冥冥中似有一道金光闪过。再去看时,龙剑草已变得娇艳欲滴、晶莹鲜丽,其中仿佛有无数星光闪烁,神异无比。

更神奇的是,这株无根无绊的仙草,此刻底部忽然铺伸蔓延,转眼就纠结出一只淡碧颜色的藤木篮!

见此情景,小言不禁哈哈大笑道:"哈!看来这仙草果与蓝兄有缘!看样子,若再养得一些时日,便能鲜花满篮!"

再说那两只曾经欺侮蓝成的灵怪。此刻小言也好言问他们,是想继续留在蓝成身边护持,还是就此回归山林而去。丁甲、乙藏此时见了眼前小言三人的神丽风采,又看到连水精也被他们从神通广大的老树妖手中夺回,自然是踊踊跃跃,大表忠心,异口同声都说要留下。对他们来说,若在别有乾坤的司幽戒中陪着蓝成，便能一同得到龙剑草仙气灵机的熏陶，若是勤谨着些修炼，今后幽冥仙路也并不是不可期测。

这番安排之后，身影淡薄的蓝成望着眼前神色清和的少年道兄，忍不住发问，问他为何如此帮助自己。听他相问，小言想也不想便答道："这个，天下道门本一家，互相救危济难，也是应该的。何况……"

说到这里，小言望着蓝成，却只是笑而不答。因为接下来的话他也只是猜测，还没定论，也不好先说。蓝成被害于老族长房中，小言曾在那里感觉到一股上清宫特有的清淡道气，墙上那支拂尘，柄末节疤扭曲形状，正与上清宫中制式无异。看来这蓝成，即使不是上清宫先前派下山的弟子，也该和罗浮洞天大有渊源。此番事情完结回师门复命时，正好带他回去让诸位师长确认。

蓝成返回司幽戒前，小言又想到一事，便说道："蓝兄，其实小弟我也看过一些风水命理之书，前些年也曾结识过一位热衷此道的老道，因此对命相测算，也算是小有所得。"

说到这儿，罗浮山上清宫四海堂堂主，又上上下下打量了蓝成一番，然后微笑说道："蓝成兄，恕我直言，看您面相身形，也像是福大命厚之人，实不该如此早早夭亡。思来想去，小弟觉得，还是您的名字与命相相克。"

"啊?"蓝成闻言惊异，诚声请教，"既然如此，还请师父指教!"

"嗯，"小言道，"这蓝成，难成，难成……不如取'撷天地之和气，采万物之春华'之意，改复名'采和'如何？此后定能保得仙路顺畅!"

"采和，采和……"听了小言之言，蓝成口中念叨几遍，脸露笑容，欣然说道，"好! 师父于我有再造之恩，就如同再生父母，今日能得师父赐名，采和三生有幸!"

说罢，神采飞扬的青年之灵便在山崖阴影中躬身深深一揖，然后持着那只木篮,翻身飞入小言指间冥戒中。丁甲、乙藏二怪也跟在后面对着小言一阵舞拜,然后化作二缕轻烟,往司幽戒中倏然飞灭。

第十一章
尘埃落定，一切复归本原

"啊！"正当小言四人再次踏上归途，却听琼容忽然一声惊呼。

听她惊叫，小言以为出了什么事，急忙相问，却见小丫头哭丧着脸，带着哭音说道："我背上的衫子破了！"

听得此言，小言赶紧转到她身后，正看见小丫头背上布袄，左右各破了一个大洞，露出好些棉絮线头。原来琼容定下神来，忽然感觉背上凉凉的，伸手一摸，便发现了这两个破洞。

只听小姑娘抽抽噎噎地难过道："呜！这是我最喜欢的一件袄子了！"

小言自然不知道琼容背上这俩破洞，是她刚才拼斗到酣处，生出那对奇异羽翼的缘故。他还以为这是琼容在山林中打斗时，不小心被树枝刮破的。现在见她伤心，赶紧安慰："不要紧，回去让你雪宜姐姐帮忙补补……"

说着这样的家常话，刚才还斩妖伏怪八面威风的四海堂三人，便重又踏上了归途。被他们解救的水精，毕竟是水灵之体，一路上慢慢苏醒，渐渐明白刚才发生了何事。

归途中，小言路过先前那座松柏山场，看到整座山峰被烧得一片焦黑，断枝残叶抛落四处，满山坡林火余烟未熄，到处都在吞吐着火舌，升腾间带起一股股黑烟。飞扬的黑色灰烬里，树枝噼里啪啦的燃烧声不绝于耳，小言在半空中都听得一清二楚。

整座阴郁四塞的山场，现在正在蟒妖佘太口中的"神火"里，裸露出沉埋多年的嶙峋山体。

见到这般情形，先前奋勇追妖一心锄恶的小言，也不禁感到触目惊心。看着被烈火吞噬的山场，小言忍不住回头望望，却见催动这场凶猛大火的小姑娘，对上自己的目光，正一脸嬉笑，两眼弯成一对明亮的新月牙。

"真不知她是何来历。"

心中略略犹疑，没多久小言一行便回到了火黎寨。

快接近村寨时，小言远远便看到昏暗的云空下火光冲天，乍一瞧不知出了什么事。等到了近前，才发现地处翠黎村中心的碧水池旁空地上，站满了老老少少，不少人手执火把，更多人手里拿着刀棍锄镰，一脸戒备神色。

从小言这边望去，这些沉默的村民乌压压站满一片，气氛极为肃穆。站在人群最前边神色紧张的高大青年，正是族长苏黎老的孙子苏阿福。

"苏大哥，各位乡亲——"

从半空中踏落地上，小言见这些全副武装的村民全都齐刷刷盯着自己这边，便赶忙赔上笑脸，招呼一声，希望能跟他们解释清楚。

谁知，刚一开口，还没等他继续说下去，却忽见上百号村民，好似一齐得了什么号令，无论男女老少，全都抛去手中刀剑，参差不齐地跪倒在地，朝自己这边以头触地，口中发出奇怪的音节，嗡嗡嗡响成一片。

面对这些跪拜的村民，小言虽然听不懂他们在说什么，但从他们的动作语气中可以看出，这些村民似是自知做了错事，正在哀求自己这些"神人"宽恕。

只不过，合村民众虔诚忏悔祈祷之时，为首那位族长的孙儿却是呆呆怔怔，立在那儿有若木石，浑忘了他这个头人应该和乡亲父老们一起跪伏。

"阿福哥！"

此时小言身边忽响起一声欣喜的呼叫，小言侧脸看去，发现正是身旁水精发出的。还没完全恢复的水精水若，一见到自己久违的夫君，立即从雪宜肩头挣起，整个人都似焕发了全部活力，脚步飘摇地朝对面那人飞快奔去。此时水精身上已罩上了小言缴获的那袭树精绿袍。

见水精直奔自己的爱侣，小言只替他们高兴。只是就在水精衣袂带风奔去之时，浓眉大目的憨厚青年，不由自主地往前踏上两步之后，忽似想起什么，立即掩面而走。等苏水若追到他时，两人已在跪倒满地的人群之后数丈处了。

此刻在跪拜村民手中火把的映照下，小言看得分明，被妻子追上的黎族小伙，先是满面羞惭，看都不敢看自己妻子一眼，接着水精娘子神色坚定地说了几句话之后，他脸上惭色渐去，渐转惊奇。过了没多一会儿，他便将自己的妻子一把搂在怀里，手抚着水精久被山间风雨吹打的发丝，两人一起泣不成声。

见到这一情形，小言便知他们夫妻二人已无事，放下心来，开始安抚眼前这些诚惶诚恐的村民。

一番诚恳解释，直到口干舌燥之后，小言才让这些惊恐的村民理解，他们先前那些助纣为虐的行为，只不过是受妖人乔装蒙蔽，所以他并不会给他们降下什么"惩罚"。

听到小神仙宽恕，所有惊惶的村民全都松了口气。在小言的要求之下，这些半带羞惭的村民才三三两两地离去。

等四海堂堂主安抚好这些村民，苏水若那边也已经雨过天晴。夫妻俩相偎着走上前来，憨直的丈夫满腔谢意，却不知该如何表达，只知在那边急得不停地搓手，不知如何才能谢这天大的恩德。倒是他妻子善解人意，抿嘴看了夫君一眼，便款款来到小言近前，盈盈一拜后笑吟吟地说道："恩公乃世外高人，有句话叫'大恩不言谢'，小女子在此便不再喋喋多言了。"

此言说过，苏水若话音一转，说道："若是水若没认错，恩公就是罗浮山上清宫四海堂中新晋的张小言张堂主吧？"

"啊？"听得一直无精打采的水精突然叫出自己的名号，还将来历说得这么清楚，小言不禁惊得目瞪口呆。

见他这副神情，眼眸晶亮充盈的水精，俏靥上竟闪过一丝调皮的笑容，狡黠说道："其实张堂主不知，这回水若偷下山来，还要怪张堂主呢！"

"啊？怪我？"听得此言，小言更糊涂了，好像掉进九天云雾里。

"是啊！都怪张堂主。"此时水若脸上的狡黠笑容已隐去，换上了认真的神色，款款说道，"此前水若在飞云顶正闲得无聊，有一天忽看见你带着个小女孩，慌慌张张地从我身边走过，说要去见那掌门老头儿，我就觉得好玩。之后没事时，我就隐身化在云雾中，去抱霞峰千鸟崖旁看你们玩耍！"

"呃……"

听得水精此言，小言心中不由想起："我说哪！怎么以前总觉得千鸟崖前涌来的云雾山岚，有时会有磅礴的灵气！"

却听水精继续说道："那时候，水若看恩公每天都跟小妹妹玩耍，玩耍的游戏内容虽简单重复，却似乎又每天不同，总是那么有趣生动。那时我就在想，既然快乐的日子如此简单，为什么我以前的几千年里，却会过得那样无趣无聊？是不是因为，我只有一个人的缘故？"

说此话时，水若脸上仿佛又浮现出当年的迷惑。只听她说道："我便一直这样想，想了很久，直到去年的中秋——"

"去年的中秋？"听到这儿，琼容终于想起来一些事情，忍不住拍着手插嘴说道,"去年中秋,有很多萤火虫!"

"是啊,有很多萤火虫! 我看见你和它们玩耍呢!"

"那你为什么不来和我们一起玩?"

"我……"被天真无邪的小姑娘一问,苏水若脸上飞霞,赧然说道,"好几千年都没人跟我说过话,我害羞。"

答完琼容,水若便继续跟小言说道:"那次中秋,看你们千鸟崖上其乐融融,宛如一家,我便十分羡慕。那回又听你那几个小伙伴在一起说起你往日那些趣事,我才知高山之外的茫茫尘世中,还有那么多有趣的人和事。从那刻起,我便想下山。"

"噢!"

听得此言,小言想起当初下山时灵虚掌门交代的话,说是"半年前水精走失"。想想自己下山时大约在二月末,小言便道:"那,应该在那次中秋后不久,水精前辈……"

"前辈"二字刚脱口,乖觉的小言便觉不妥,赶紧换了称呼道:"那苏夫人去年中秋后不久,就一个人下山了吧?"

"是啊。"苏水若盈盈一笑,拉过自家心爱的夫君,说道,"水若下山闲玩了很久,后来就遇上了他……"

说到这儿,原本落落大方的上清水精苏水若,忽然俏脸一红,再也说不下去。不过即使她不说,看她现在害羞得和小姑娘一样,小言便知当初他们两人相遇,应该还有一段趣事。只是此时虽然好奇,却不便问了。

苏水若等脸上霞红略褪,便又恢复了正常语调,笑道:"张堂主,我知你此来为何事,无非奉了飞云顶小灵虚之令,要来接我回去。这回既蒙你相救,我自然不会让你为难——"

"啊? 娘子!"听到这儿,一直默不作声的憨朴汉子,顿时大急。

看夫君满脸惶惑的神色,水若不敢再开玩笑,只抿嘴一笑说道:"相公请放心,反正这回,我苏氏既不会让恩公为难,也不会让相公难过。我一定会给张堂主一个满意的交代。不过现在,我要先和阿福回家,去祭拜公公,等明天我再去找张堂主说话。"

"那好。"听得此言,小言对着眼前这对夫妇说道,"今天你们夫妻团聚,我们也不便多加打扰。还请苏夫人替我四海堂三人,在苏老爹灵前多烧上一炷香。"

"好的。"

对答完毕,小言便跟苏氏夫妇二人拱手别过,带着雪宜、琼容往宜雪堂而去。在这段不长的归路上,琼容一路问个不停,恳求哥哥不要再捉水精姐姐回去,因为觉得她好可怜。见小妹妹替水精姐姐担心,小言自然满口说"不会"。

其实,听了水若刚才那番话,小言便知她一定有两全其美的办法,也许是她夫妇二人一起跟自己回罗浮山居住,或是其他。反正小言已经想过,即使苦寻一年的水精不想跟自己回去,自己也绝不会强迫。师门任务又如何?放走水精,大不了回山受罚,撸去他全部道职,甚至逐出师门都可。届时自己就和雪宜、琼容回饶州做小买卖种田,总归也能过活。反正不管如何,要他生生拆散这段仙凡姻缘,那是万万不能的!

这般想着,沿着碧水池塘走过半圈,小言他们便回到了池西的宜雪堂。

还在沿着池塘走路时,小言就远远看见一堆人围在宜雪堂门前。走得近些,看清楚原是几个上了年纪的老者,正在那儿吆五喝六,指挥着十几个青壮年后生,将各样果品衣物一挑挑往屋里运。小言看出,那些累得满头大汗的后生中,有好几人还是当初进寨时,舞刀弄棒阻挡自己的青壮年村丁。

见这样,小言赶紧上前,问这是在干吗。

见主人归来，村中长老顿时个个惶恐，一边招呼着那些后生别停，一边躬着身子跟小言解释，说这是他们翠黎村全村老少的一点小小心意，谢他三人解了村中困厄，除去妖邪，救回给寨子带来福利的水娘子。因此，他们翠黎村人除了家家户户供起他们三人的长生牌位日日烧香外，趁现在他们还没走，便赶紧搜罗了各家一点微薄土产，一齐给他们献来。

"这……"听得村中长老这番解释，小言心知眼前之事，差不多和佘太之事相似。

只是，刚才和苏水若对答了一小会儿，这草堂中就被堆得满满的了。眼看着那些个后生还赤着膀子喊着号子，接连不断地运来大量物资，活鸡活鸭都有，这可让他如何是好？

望着远处路上，还有几头小猪正被赶着朝这边哼哼而来，小言当即极其坚定地谢绝了村老们的好意，说好意他们心领了，但他们几个一贯游历四方，路见不平便拔刀相助，从不望施恩图报，还请村老们着人将东西运回。

这些村老十分诚挚朴实，其他话都听得进，这谢礼却不愿收回。

争执了半晌，最后小言才让刚刚弄破衣服的琼容，挑了套黎家小套裙，其他的便都退回了。见周围所有村民脸上都似不甘心，小言便跟他们说，这些送来的食物，不如今晚大家就在碧水池边燃上篝火，一起庆祝享用。

建议说出，细心的小言又跟他们解释了一番，说死去的老族长，在天之灵若看到他们这样开开心心，才最为安慰。

听了这样喜气的解释，所有村民全都欢欣鼓舞而去，将刚刚运来的食物全部搬到碧水池东边的空地上。之后，整个村寨都轰动起来，村里的长老挨家挨户动员，告诉他们恩公有命，今晚必须去碧水池东参加篝火庆祝。村里那些善于烹煮的厨师厨娘，全都出来，先去空地上埋锅支灶，预先烹烤食物。

大约又过了一个时辰，夜幕降临在碧连嶂下的碧水池旁。

此刻天空中，仍是云霾遍布，见不到半点星光，但碧水池畔已燃起一堆堆篝火，火光明亮，把山村湖畔照得有如白昼一样。

也许，千百年来一直愁苦的翠黎村人，从没像今天这样高兴。所有九黎族火黎一脉族民，甚至连走不动路的老祖父老祖母，都让人搀着颤巍巍地走过来一起庆祝。被火光照耀得红光粼粼的碧水池畔，汉子们大口吃肉大口喝酒，姑娘们则载歌载舞，欢庆妖魔剪除。发自内心的欢声笑语如此响亮，不时惊飞远处山坡上栖息的夜鸟。

今晚参加篝火晚宴的宾客，全都盛装而来。苏氏夫妇一身黎装，静静地坐在篝火旁看大家歌舞。火光中，小言看去，夫妇二人被篝火映红的脸上，都露出发自内心的欢笑，显是已经解开心结。

正看着，旁边忽响起一声脆嫩的问语："哥哥，我现在好看吗？"

小言转过脸去，便看到琼容正穿着刚收到的衣物，倚在雪宜身旁，一脸期待地看着自己。小言仔细地朝她看了看，见琼容身上这件红黄白相间的黎家套裳，纹样配色和谐流丽，头巾、筒裙上坠着许多云母流苏，在篝火的映照下光彩流动，熠熠生辉，动一动便是一阵丁零零脆响。在绚丽华美的黎家衣裙映衬下，本就粉妆玉琢般的小姑娘，更显得娇美可爱、明艳非凡。

小言看得正有些出神，忽察觉小姑娘还在等着自己的答案。因自己看得时间久了，本就不太自信的小姑娘，现在脸上神色怯怯，生怕自己喜欢的哥哥说出不好的评语。

正当琼容心情紧张时，便听到了小言哥哥的评价："琼容妹妹，不是你现在好看——"

"啊？"小姑娘一听，眼眶中顿时泪水打转。

见这样，小言不敢再多逗她，赶紧把话说完："是这样的，琼容你不是现在好看，而是一直都好看，现在更好看！"

"呀!"听得这话,小姑娘顿时破涕为笑,一边抹着眼泪,一边笑逐颜开。

大约两个时辰之后,这场欢庆的篝火宴会才告结束。

有些让小言想不到的是,因着今晚的篝火晚宴,九黎族火黎一脉从此便遗下一个节日,每年这一天,都要举办这样的露天篝火晚会,以庆祝这一天上天派使者帮他们赶走恶魔。这一天,便被称为"火把节"。

如果以后有谁要问,为什么黎家这一脉的火把节和他族的日子不同,族中的老人们便会跟他们讲起一个久远的故事,主角便是两个女孩和一个少年。当然,随着岁月流转,传说流传多年后,细节多少会有改变。

再说小言,和雪宜、琼容回到水西的宜雪堂中。小小的草堂里,已点上两支蜡烛。小言和琼容便围在桌前,看恬静的雪宜在烛前穿针引线,缝补破露的衣物。

"雪宜这份定力,真是难得!"

此刻看着烛光中雪宜一副恬闲自若的姿态,小言心下不禁十分佩服。篝火晚宴结束到现在,响亮的欢呼声仿佛还在他耳边震响,让他一时半会儿静不下来。

冬天的夜晚,静谧安宁,几个烟尘中行走的小儿女,此刻终于得了空闲,在僻远山村的草堂中,静看眼前烛影迷离。

依着哥哥的样子,帮雪宜挑过几次灯花,让烛光更加明亮后,琼容便问:"雪宜姐姐,能缝得和以前一样好看吗?"

"能。"雪宜肯定地答了一句,拈着手中银针,在头上青丝间蹭了几下,又继续安静地缝补起来。

摇曳的烛光下,雪宜穿针引线,偶尔拈起线头,在齿间咬断,整个姿态显得无比自然熟练。

见到她这样清恬的模样,不知怎的,静静端坐一旁的小言忽然心中一动,想起今日碰到的那个蟒妖。一想到这儿,有些往事便不由自主地浮上心头。看了看烛影摇红中恬闲的雪宜,小言不禁想:"奇怪,往日我将她蛇大哥打死,她后来打过我一掌后,却再没怪我。"

想到这儿,又想起这一路来雪宜宛如冰雪仙子的出尘模样,小言心中更有些犹疑:"其实说来,雪宜也是洞天福地中天地生成的仙灵,现在却一路自甘为婢,这样实在让我不得心安。"

思绪不经提起还罢了,现在一经提起,更是中心摇摇。停了停,小言便忍不住轻轻说道:"雪宜,我想问你件事……"

"嗯,堂主尽管相问,婢子听着。"听得小言说话,雪宜放下手中缝缀的衣服,静静地看着小言,等他问话。

只是,小言此刻听得这声"婢子",内心更加局促不安。迟疑了一阵,他便问雪宜,为什么她后来不再记恨他杀死了她的蛇大哥。

听得如此问话,雪宜只是静静一笑,说这事她已仔细想过,半分也怪不到堂主头上。现在蛇大哥去了,她也只有好好活着,遇到节祀替他祷告祝福,让他转生到一个好人家。

听得这样,小言忽想起往日中秋拜月时,雪宜的神态总是格外庄重,祷告的时间也比别人长。他便不再多问,省得再勾起她难过的心思。

于是他便说起另外一件事:"其实雪宜,你平日不必自居仆婢的。那只是当初一时之言,我张小言向来穷苦惯了,可不用什么奴仆婢女。雪宜你出身神奇,又何必如此自苦。"

听得这话,冰清雪冷的雪宜抬头跟堂主禀告:"其实雪宜并不自苦。雪宜当初欺骗了堂主,堂主却不因雪宜是异类而见疑,不仅好好相待,那次有恶人欺负,还帮着我遮掩。若是这样还不尽心服侍堂主,那雪宜就枉费这么多年的修行了……"

说到这里，一直平静说话的雪宜，仔细想了想堂主刚才的话，忽然变得慌张起来，颤着声音说道："堂主……您刚才的话，不会是因为雪宜近日哪处做得不对，便要赶出堂去吧？"

"呃！"见雪宜满面惶恐，小言赶紧说道，"怎么会呢！刚才我只是随便说说罢了！"

见自己刚才这番好言好语，竟让梅雪仙灵如此惶惑不安，小言懊悔不已，赶紧好言安慰，极力说明刚才只是为了了解一下雪宜的想法，结果措辞失当，有些失言。

看着小言急着解释，雪宜顿时心安，又安安静静地专心缝补起衣物来。这时旁边那个一直眼巴巴地看着他们对答的小姑娘，也赶紧安慰自己的大姐姐："雪宜姐姐，堂主哥哥不会赶你走的！"

"为什么呀？"雪宜迷惑地看了她一眼。

"因为小言哥哥要是不高兴，一定是因为我们不乖。而我……"

说到这儿，小丫头有些害羞，忸怩了一阵才说："其实虽然我很乖，但比起雪宜姐姐，还是要差那么一点点。所以小言哥哥若是要赶人，也会先赶我！"

"这……"

听了琼容这话，小言哭笑不得，正要反对，却听小丫头还在说："不过我不怕！就是哥哥赶走我，我还是会偷偷跟在后面，甩也甩不掉！"

"……"

这番对答之后，冬夜的草堂中又恢复了宁静，雪宜继续补衣服，旁边兄妹俩继续发呆。静夜的草堂中，只偶尔听到灯花一两声清脆的爆响。

又过了一会儿，正有些无聊，小言忽见专心缝补衣服的雪宜稍稍停下，抬起头对他展颜一笑，说出一段惊心动魄的话来："对了，堂主，若是雪宜有一天也像蛇大哥那样死去，请堂主一定也要将我炼化。雪宜本是妖灵异物，死不足惜，若之后能帮上堂主功力万一，那便心满意足了。"

烛光摇曳里，女孩说这话时，一脸恬静从容，语气悠悠，仿佛在说着一件与自己毫不相干的事情。

而听她说话之人，初时脸上惊异非常，短短的话语中几次想出言打断，只是看了看女孩脸上坚定的神色，最终还是没说话。

烛影摇曳的静夜草堂中，沉默了一会儿，才听小言忽然开口说话。听那说话的内容，似乎他也是在说着一件毫不相关的事："琼容，雪宜，眼看着年关将至，等此间事了，我便带你们先回我家过年，去见见我的爹娘……"

第十二章
千里还乡，重向旧时明月

等雪宜将破衣补完，两支红烛恰燃到尽头，冬夜山村小屋中的三人，便各自回床榻歇下。不知是否因为附近的山魈树妖已被一扫而空，今夜的山村格外静谧。

躺在外间的床榻上，小言只听得里屋一些辗转反侧之声，那应是琼容听说要去哥哥家，兴奋得睡不着。过了一会儿，又听得村中远处几声断续的狗吠，辛劳一天的少年便也渐渐入眠。

第二天早上，才在碧水池边撩水洗漱过，小言就见村间的土路上，水精女子苏水若一身白衣，正沿着清水池塘袅袅走来。

见她过来，小言记起她昨天的话，赶忙将她迎进宜雪堂里。

进到屋内，苏水若却没急着跟小言说归山事宜，只是在草堂外间静坐，跟他闲聊。言谈间，小言偶尔提起回山之事，苏水若只是轻言浅笑，告诉他这事要等雪宜姑娘一起谈。这时，雪宜正在里屋红漆妆台前，帮失眠晚起的琼容梳妆打理。

在这样有一搭没一搭的闲聊中，小言得知，原来他们住了几天的宜雪堂，正是水若和她夫君的婚堂。小言几人入住前，痛失爱妻却又无能为力的憨实青年,只能常来堂中打扫,聊寄思念之情。

听了水若说的这些家常话,小言心想,苏阿福眼睁睁看着爱侣一步步往死路行,虽是生离,却要死别,内心中一定痛苦非常。

又闲聊一会儿,寇雪宜便领着琼容从内屋走了出来。见有客人在,琼容一边揉着睡眼,一边有礼貌地跟这位大姐姐问好。

等雪宜她们出来,闲谈便转入正题。原来,和小言预想的不同,这位上清水精,并不想带自己相公一起回罗浮山上清宫。苏水若告诉四海堂三人,她在罗浮洞天之中修行了数千年,也清冷了数千年。这回终于下得山来,才知茫茫尘世中,万丈红尘里,竟有许多趣味。现在又让她遇上了真心相爱之人,晓得了牵肠挂肚的滋味,如此一来,便再也不愿回到无限清冷的仙山洞天。

听她这么说,小言不由自主便朝旁边俯首倾听的清婉女孩看了一眼,雪宜似乎也是若有所悟。见苏水若不想跟自己回返师门,小言倒也不懊恼。只是稍想想,觉得还是要应景地劝上一两句,不管成不成,也不枉掌门师长一番嘱咐。

只是还没开口,善解人意的水精便瞧出了他的心思,抢先说道:"堂主请勿烦虑,您是我恩公,我又怎会让恩公难处。方才水若也说了,要等雪宜妹妹一起来议事。这两全其美的法子,正是要雪宜妹妹帮忙。"

"哦?此事和雪宜有关?"小言一听,大为好奇。

只听苏水若侃侃道来:"堂主也知道,先前树妖老贼,趁我有孕在身,法力大损,便施邪法将我困住。之后种种作为,都是想将我的水性真元逼出,好助他修行,早日飞升。若是堂主晚来一步,恐怕真要被他得逞了。水能润木,到了那时,恐怕即使恩公神剑在手,也很难将他降住。"

"呀!我还没想到这层。那,这和雪宜有什么关系?"

听了苏水若之言，小言虽隐隐想到些什么，但还是开口问个确实。

听他相问，眼前在罗浮洞天中已修行数千年的水精，掠了掠鬓边头发，抿嘴一笑，嫣然说道："张堂主，如果水若没猜错，堂主堂中这位雪宜姑娘，应是水木之属，尤以木性为甚。"

"呵……"听苏水若说出雪宜来历，小言讪讪一笑，略带尴尬地问道，"那又怎样？"

"这样，水若便不需回山。雪宜姑娘正宜得水，只要我把与生俱来的水之菁华逼出，交与她带回罗浮山即可。还请张堂主替我护法！"

看起来苏水若心意已决，将这些话一连串说完，还没等小言和她细细商量，便已顾身立起，闭起双眸，双掌合于胸前，转眼间整个人就沉浸在一片蓝汪汪的光华之中。

水蓝色的光晕，幽邃空明，不停地从苏水若窈窕身形上氤氲开来，宛如涟漪一样，一圈圈朝四外晃漾开去，转眼便充盈一室。若仔细观瞧，便可见这些晃晃荡荡的幽蓝光华中，还有数不清的细小水泡，不停地生成飞腾，直至破碎。

身处其间，小言忽觉得四处冷气直冒，恍惚间好像又回到了前些日的魔洲岛，又潜到海面之下，四下里寒水回荡，海流奔袭。只不过与那几次潜泳经历不同，现在这空蓝透明的水华，寒气侵入肌理，似乎避无可避。

幸好，这样至阴至寒的水汽氤氲并未持续多久。等蓝汪汪的水光充盈一室，片刻后便朝内不停收缩，转眼间这一屋的水光，已凝结成一颗鸡卵大小的幽蓝水滴，在苏水若手掌上方不停地旋转。看那颜色，依旧明透，却已变得更为幽邃，其中变幻着晶莹的光影，将周围几人脸上映上一层蓝幽幽的光辉。

"这便是水之心……"苏水若轻轻说道。

这位天地生成的水精,声音已变得暗哑。此时,看着手中这滴从自身逼出的至纯水元,苏水若的神情颇有些复杂。怔了怔,她一声轻叱,这滴幽蓝的水之心忽然飞起,然后缓缓飞到对面雪宜眉心处,倏然而没。刹那间,寇雪宜遍体蓝光大盛,光盈一室。只不过转眼之后,便又恢复如常,仿佛与前一刻没什么两样。

见得如此,已是心力交瘁的苏水若,憔悴的脸上仍是挤出一丝笑容,似是颇为赞许。笑得两声,便无力地跌坐在身后凳上,倚在桌边不住喘气。原本神光盈然的水精,此刻浑身微微发抖,已是一副虚弱模样。

见得这一情形,小言记起先前水精护法之语,便赶紧运转太华之力。一股至清至纯的清力冲指而出,化作一缕流光,迎风展成厚大的光膜,将苏水若紧紧包围。太华道力化成的光膜,仿佛一顷温暖的水波,将有如风中残叶的水精稳稳托住,助她回复精力元气。

过了一会儿,苏水若略略恢复,虽脸色苍白,但仍勉强一笑,说道:"谢过堂主。等雪宜妹妹回到上清宫,把水之心放入飞云顶的石太极中,水极四象聚灵阵便又可全力运转,助我上清宫子弟修炼。"

听苏水若的口吻,显然她把自己也当作了上清宫一员。顿了顿,她又挣扎着说道:"不过,在此之前,不知雪宜妹妹可否帮我一个忙?"

"姐姐请讲,雪宜定当尽力而为!"

"嗯,那我先替合寨村民,谢谢雪宜姑娘的恩德!"

听苏水若说,翠黎村村民确是蚩尤后裔,因上古大战中的一些恶行而受到上天诅咒。只不过数千年以降,这诅咒也该解除了。本来水精下山前来,正是顺应劫数,帮火黎遗民解除诅咒。几个月下来,诸般法事已做齐,只要最后再下一场雪,便能大功告成,却不料半路杀出个千年老树妖,坏了整件事情。而她现在,经了这场劫难,即使水之精元仍在,一两年内也不可能作法降雪。

因此，现在苏水若请求雪宜帮助降雪。雪宜得了水之心，有灵水滋养，法力应能支撑下一场雪，这样翠黎村这方火旱水土，从此便能四季分明，村民也能安居乐业。

听了水精前辈这个请求，雪宜自然没有不答允之理，跟堂主稍稍请示一下，便答应下来。苏水若并不知道，其实降雪一事，四海堂三人早已做过。就像先前在浈阳那样，即使没有水元之助，只要配合着小言的水龙吟和风水引，雪宜一样能降雪。正因为这样，小言心里有底，才敢跟水精前辈拍着胸脯保证，说降雪之事就包在他这个四海堂堂主身上。

送走苏水若之后，降雪之事并没有马上进行。因为听苏水若说，她那集聚数千年的水之精元刚刚离体，数年内反而不能再受风雪之寒，她准备和她相公迁出此地，往南方炎热之地隐居。

离别时刻很快到来。到了这天下午，苏水若夫妇便来和小言几人告别，然后在全村父老的目送下，丈夫携着行囊雨伞，悉心搀扶着妻子，慢慢踏上村南山坡的蜿蜒石径，逐渐消失在石梁之后。告别之时，苏氏夫妇又告诉小言，说苏水若腹中的孩子，将来若是男孩，便取名"念言"，若是女孩，便取名"琼雪"，以纪念他们对他夫妇二人的恩情。

相依相偎的夫妇走远后，全村父老渐渐散去。只是此时，一向随意洒脱的小言，却不知想到了什么，仍是呆呆地立在村头，朝夫妇二人消失的方向久久凝视，怔怔出神。

在他身旁，两个女孩儿静静陪着堂主一起发呆，一起朝南边遥看，偶有山风吹来，便裙裾飘摇，青丝飞扬。

却见目光尽头，朵朵流云之下，山中蜿蜒的石径上，早已空无一人。

苏氏夫妇走后的第三天，雪宜终于在小言示意下，给翠黎村人作法降雪。当彤云密布、长空雪落之时，容颜本已如仙的雪宜婉转飞到半空。她全身泛着淡蓝的光辉，在漫天纷糅的雪花中翩跹舞袖，往来作法，像是一位冰雪女神从天而降，在半天中随风飘举，凭云升降，以莫大的神力给这方诅咒之地带来千古未闻的吉祥雪霰。

一时间，翠黎村的百姓村民全都出动，跪在自家门外的盈寸积雪中，对着天上雾鬓风鬟的冰雪仙子雪宜，无比虔诚地顶礼膜拜，唱诵不已。

作法完毕，雪宜便收了法身，飘然落下，赤足踏在洁白积雪上，朝小言站立处姗姗而去。

这时，在旁人崇敬的目光中，雪袂冰纨的妙丽仙子雪宜，莹洁的玉足仿佛飘不点地，风姿绰约地款款而行，其中似乎有一种奇异的韵律，一下一下敲击在众人心底。

"禀堂主，婢子幸不辱命，请堂主察看。"

飞冰散雪的雪宜走到淡然微笑的小言面前，隐去全身光辉，垂首盈盈一福，跟他恭敬禀告。直到这时人们才幡然醒悟，原来呼风唤雪的神姬仙姝，却还是少年的下属。

"有劳了，雪宜。"见雪宜见礼，四海堂堂主微微一笑，神色颇为嘉许。

此时待在一旁的琼容，忙递上一方丝巾，让做事归来的雪宜姐姐擦擦汗水。虽然，雪宜娇婉面容上滴汗也无，但仍接过丝巾，谢了一声，在脸上轻轻擦抹几下，然后递还给小姑娘。

立在小言面前的冰雪女子，不知是不是因为得了水之心的缘故，本就清婉绝俗的姿容，现在更显清丽幽绝，一张粉靥上如敷春雪。此时的山村，已被掩映在寸许厚的白雪下。"雪中无陋巷"，放眼望去，简陋的山村中到处是琼楼玉宇，宛如仙境。

略去之后种种闲话不提，大约到了第五天头上，四海堂这行人终于起程,告别了盛情挽留的黎家山村,往小言家乡的方向迤逦行去。

对于琼容、雪宜来说,这是第一次去拜见堂主的父母,不仅小姑娘一路兴奋,连一贯清冷从容的雪宜也变得紧张不安,常常不知如何自处。

"不知道他们会不会喜欢我?"一路上,琼容反复问自己这个问题,然后,又反复地自行回答,"一定会!因为哥哥的爹娘喜欢哥哥,哥哥又喜欢我,所以他们也一定喜欢我!"

随着这样合情合理的问答反复进行,小姑娘的信心越来越强。每次当她这样自问自答时,她那位雪宜姐姐也变得紧张无比,屏住呼吸,等待着小姑娘说出从没变过的回答,仿佛小妹妹所说的,也正是自己的心绪。人说"近乡情更怯",但这般看来,现在这三人中,反倒是归乡的少年最不忧心。

就这样走走停停,从容而行,大约半个月后,终于快要接近饶州城了。

因为按照礼节,第一次上门要带些礼物,这一路上,雪宜、琼容二人每到一处,便四处找寻当地的特色名物。

听人说,老人们比较爱吃甜点,这姐妹俩便一心留意道侧坊间的美味糕点。只是,这些礼物点心,她俩总是买得太早,再是百般保存,最后为了保证新鲜,还是不得不由四海堂三人提前吃掉。

他们就这样一路吃来,直到连最贪嘴的小姑娘也快吃腻时,梦萦魂绕不知几回的饶州城,终于耸立在了他们眼前。

第十三章
茅舍竹篱,自饶天真清趣

　　这天上午,说话间小言三人便远远地看到了饶州城的轮廓。

　　这是个冬日的早晨,空气清冷,晨光中景物一片萧条。脚下这条城西驿道两旁树上的叶子早已掉光。从郊野吹来的西北风,掠过光秃秃的树枝,吹到行人身上,将一股寒意顺着脖子灌进衣领,让人遍体生凉。城外道路上络绎不绝的进城行人,大多缩着脖子,闷着头一个劲儿地赶路,只盼能早点进城,找个地方歇脚,暖和暖和身子。

　　当然,这些西北风虽然寒凉,但对小言三人毫无影响。寒冷的朔风里,雪宜的神色倒比平日更加自若,脂玉一样的素手中提着一个粗布行囊,跟在小言身后款款而行。琼容此时仍是那么好动,颠颠着跑前跑后,偶尔发现道旁树木枝头残留的一片枯叶,便好像有了天大的发现,兴奋地让堂主哥哥和雪宜姐姐也抬头看一看。

　　见她这番天真烂漫,原本因乡关将近心情激荡的小言,心情也不禁稍稍平复,脸上露出笑容。

　　过了没多久,小言三人便迈进了饶州城的城门洞。来到城里,身后高大的城墙挡住了野外吹来的寒风,眼前的街上行人熙熙攘攘,道两边商贩吆喝不停。红火的市景，让清冷的冬日也变得有些温暖。此时明亮的阳光再从城墙垛上射进来，照到人身上，便让人觉得暖洋洋。

进了饶州城，耳中听着嘈杂而亲切的乡音，口鼻里呼吸着早市特有的食物香气，远游在外两年的游子，忽然平生第一次感到，原来自己的家乡还真有一股熟悉的气味，不管自己走出多远，离开多久，永远都不会忘记。

"这就是哥哥常说的那个城吗？"

神色复杂的小言身畔，琼容正转动着乌溜溜的眼睛，好奇地朝四下不停张望。

"是啊！这就是饶州城。哥哥在这城里，待了十几年！"

说起来，饶州城本就不大，小言又打小就在城中厮混，按理说，那些街坊邻居应该早就认出他才对。只是走了大半天，虽然身后跟了不少市井行人，旁边的商贩市民也对他们指指点点，但过了几条街，居然没一个人叫出他的名字！

当年的少年已经长大。两年的清修磨砺，已足够把他从一个整日混生活的穷苦小厮，改换成丰神清俊的公子哥模样。更重要的是，此刻他身边那两个女孩，俱是袅娜仙丽，琼容明媚，雪宜出尘，行动间恍若天人。

琼容、雪宜即使放在佳丽如云的扬州城，也是超凡入圣，现在行走在小城中，又如何不让满城轰动！

一时间，即使那些当年和小言大有渊源的街坊四邻，也全都将两颗眼珠死死放在他身畔两个绝世佳丽身上。一双眼睛早已不够用，哪还顾得上要去察看是谁在和她们同行？

这些惊艳的市民，还有些不敢相信自己的眼睛："眼花了吗？眼花了吗？仙女白天就下凡了？"

小言带着堂中两名女弟子，又转过两条街，来到一个他非常熟悉的

场所。

刚到此处,小言便看到一个胖子正在台阶前卖力地吆喝:"各位南来北往的大爷大婶、公子小姐们!快来咱稻香楼享用早膳!咱稻香楼,可是上清宫堂主曾经照料过的酒楼!"

听这公鸭般的破锣嗓,不用说,一定是那个吝啬成性的胖掌柜了。

当即,小言便上前笑着打招呼:"我说刘掌柜,生意不错嘛!"

"那是那是,承惠承惠!"

听见有人称赞,稻香楼老板刘掌柜赶紧转过头来,要看看这位识趣的好人是谁。

"你是……哎呀!"

毕竟是开门做生意之人,胖乎乎的刘老板眼力惊人,才看了一眼,便立即认出眼前之人是谁了。当即,身体发福的酒楼掌柜猛一转身,奔上台阶就往酒楼门里逃去。

"站住!"

慌不择路的胖掌柜,才跑得两步,就见眼前人影一闪,当年被他得罪过的少年已经挡在面前!

"哎呀!"

见前面无路,刘掌柜便赶忙转身。谁知刚一转过来,他便只觉一股寒气逼来,面前两个俏丽的女孩,正一脸不善地挡在自己面前。

见得如此,刘掌柜只好又转过身去,一脸讪笑着跟眼前的小言赔话:"咳咳,张大堂主,当年是小的不对,是我狗眼看人低!堂主您说,您老人家今天要怎么才肯放过小人我?"

一脸嬉笑着恳求完,便等小言发落。但真等小言眉毛一扬,想要说话,这位刘掌柜却又立即被吓得脸色苍白,赶紧哀求道:"张堂主!大人不记小人过,您下手可千万要轻些啊!"

见他这么害怕,小言却哈哈一笑,说道:"老东家,你说哪儿去了? 我这张堂主可不是白当的,哪还会跟你计较当年那些鸡毛蒜皮!"

"啊?"此言一出,心中忐忑不安的刘掌柜顿时如闻大赦。

不知是不是心理作用,当年的惫懒小伙计话一说完,他就觉得自己身后那股不停逼来的彻骨寒凉顿时消失。

只是等刘掌柜松了口气,转念一想,却又觉得有些不对,便小心翼翼地问道:"既然堂主不想报仇,那不知为啥要抓我?"

"哈!"听他相问,小言又是哈哈一笑,然后肃容认真说道,"是这样的,刚才我听见你拿我当幌子招客。你该知道,当年我和清河老头儿走街串巷帮人净宅请神,那商誉是极好的;你现在拿我当幌子,要是趁机抬高菜价,克扣分量,那不是砸我招牌?"

"呼!"虽然此刻小言表情严肃,说话认真,刘掌柜却是打心底里真正松了口气。

定了定神,他那张胖脸便笑得极灿烂,赶紧力邀张堂主和两位仙女一起上楼"视察"。

听他邀请,小言便带着雪宜、琼容欣然上楼,饶有兴致地察看了一下菜价,再大致看了看满楼食客面前已经上了的菜点,便知稻香楼虽然往日颇为不良,但现在是真的洗心革面、物美价廉了。

找了个空闲,问问原因,刘掌柜立即谀词如涌,极言这都是小言的功劳,说是因为有了他这块金字招牌,自然客如云来,又何必再……说到此处,胖掌柜忽然醒悟,赶紧闭口不言。

检看完毕,刘掌柜极力挽留小言三人在酒楼用餐。但此刻小言归心似箭,又如何有心情吃饭。见他坚持要走,真心感谢的刘掌柜也没办法,只好跟里间大厨吩咐一声，让他们做好一桌上等酒席，稍后送到马蹄山张府去。见他盛意拳拳，无可推辞，小言也只好应了。

此后，小言又大致问了一些情况，便和琼容、雪宜离开酒楼，往城东去了。

等他们走得远了，满心欢喜的刘掌柜心中一个疑惑忽然解开："呀！张堂主说的清河老头儿，不就是那位上清宫马蹄别院的清河真人嘛！"

想到这里，酒楼掌柜的心中不禁又敬又畏，虔诚想道："唉，都是我等凡人没眼力！怪不得这一老一少，当年就走得这么近，原来，他们都不是凡人！"

不提他心中敬畏，再说隔着稻香楼两条街的一处街角。现在那儿正支着一座粥棚，粥棚里正有两位小道士，负责给贫苦之人施粥，发放过冬衣物。

不过有些奇怪的是，要是换在别处，这样的行善粥棚前定然人潮如涌，衣衫褴褛之人络绎不绝，但现在这处标明"上清宫善缘处"的粥棚前，却是门可罗雀，半天也不见人来。因此这两个年轻道士，无所事事，现在正靠在撑起棚子的竹竿旁，笼着手在那儿晒太阳。

正这样懒洋洋地打发时光时，其中一位年轻道人忽然推了推旁边那个正盯着行人背影入神的小道士，说道："净尘兄，你看刚才过去的那个少年，像不像原来那个张小言？"

"哦？"正看得入神的净尘道友，被旁边道士一推，这才如梦初醒，恍恍然说道，"张小言？惭愧，刚才我光顾看那两个仙女了，没注意旁人……"

说到句尾，净尘已完全清醒过来，诧异道："咦？净明你刚才说的是那位好命的张堂主？他不是在罗浮山上享清福吗……"

行行走走，不多久小言三人便走出东城门，踏上前往马蹄山的官道。也不知是不是因马蹄仙山崛起东郊的原因，记忆中原本崎岖不平的郊野驿道，现在已变得平坦宽大,几乎可以并排驶过三辆马车。在各处州县游荡了这么久,如此宽大整洁的官道倒还真不多见。

一路上,小言看到不少行人手中提着香袋,上面绣着"上清马蹄"。不用说,这些一定是上清宫马蹄别院的善男信女了。

大约半晌之后,小言依着刘掌柜的指点,带着琼容、雪宜直奔马蹄山而去。过了没多久,他们三人便看到在巍然高耸、云气缭绕的大山脚下,道旁有一座向阳的茶棚,一个"茶——免钱"的幌子正飘摆随风。

按着刘掌柜的说法,张员外和张夫人——也就是小言的爹娘,此刻就该在那座茶棚中积德行善,给过往的香客游人免费供应茶水。

一路行来,终于要见爹娘了。

"呀!两位小姐快里边请!"

忽见两位模样出众的女孩在茶棚前停下,正闲在茶灶前的和蔼大婶赶紧招呼一声,手脚麻利地拿过两只茶碗,放上些茶叶香片,给她们准备茶水。正这样忙碌不停时,却见两个女孩子一动不动,站在茶棚前并不进来。

见此情形,小言娘有些诧异,正要相问,却忽听到一个熟悉的声音,从她们身后传来:"娘!孩儿回来了!"

"……"

这声音不大,却无比清晰,小言娘不禁一时呆住。等过了一会儿,定了定心神,她才看清茶棚前那片灿烂的阳光中,正站着自己不知牵肠挂肚多少回的宝贝孩儿!是啊!正是自己的宝贝孩儿!

愣了片刻,朴素的村妇终于清醒过来,整个人都变得慌里慌张,一双手不停搓动,不知道该放在哪儿好。

"孩子他爹!孩子他爹!是儿子回来了!"

慌了半晌,她才想起要提醒老伴,便朝棚里大叫。

"慌什么慌？"

正在茶棚一角和老伙计聊得不亦乐乎的老张头，见老伴慌慌张张，大为不满，说道："什么事嚷这么大声？不就是——啊？儿子回来了！"

到了这时，便连老张头也知道，儿子小言回来了！

久别重逢，一家团聚，自然让人格外激动。激动的心情稍稍平复，小言娘在茶棚灶前搁下一块"凭君自取"的木牌，连围裙也顾不得脱，便和老伴一起将儿子迎回家去。直到走上回家的山路很久，老两口才知道，原来先前那两个如花似玉、戏里仙子一样的女孩，竟是和儿子一起的！而且，她们的称呼还那么怪异！

到了家中，两个女孩便给老夫妇俩见礼：

"四海堂堂主座下婢女寇雪宜，拜过老爷夫人！"

"小言哥哥座下小妹张琼容，拜过叔叔婶婶！"

直到这时，小言才知自己还是疏忽了，这一路行来，竟忘了跟这俩女孩商量一下如何称呼。

等拜见完，雪宜从包袱中取出两双绣着嫩黄"寿"字的青布鞋，略含羞涩地双手奉给小言双亲，说这是她们姐妹俩给堂主爹娘的一点小小见面礼。这之后，琼容又上前呈上了最近买来的桃酥糕点。

此时，老张头夫妇见这俩女孩行动温婉，举止有礼，直乐得合不拢嘴！小言娘把布鞋先给丈夫看过，又拿到自己手中反复观看，越看越觉得惊奇，忍不住啧啧称赞："寇小姐，您这女红真不错！看这针脚，没有十几年的苦功可做不成！"

因为这样精致的针法，不太可能是那个粉嘟嘟的小囡扎出来的，所以小言娘只赞雪宜。听了娘亲这话，小言赶紧提醒，让娘亲直接叫寇姑娘"雪宜"便可。

就在这时,羞着脸等着夸奖的琼容赶紧跟哥哥的娘亲提醒:"阿婶,那个字,是我写的哦!"

"是吗?"听琼容这么说,张氏夫妇顿时肃然起敬,"这字真好看,就像朵祥云一样!"

对他们来说,那些识字之人都值得尊敬,何况,还是这么小的女娃子!

这番初见过后,接下来张氏夫妇二人便手忙脚乱地张罗起中饭来。小言爹娘虽然因为儿子的缘故骤然脱了贫寒,但他们一辈子当惯了山民,仍然十分善良淳朴。现在对他们二老来说,儿子归来反倒不那么重要,如何招待好这两位贵客,才是一等一的事情。

忙碌之中,两个仙女一样的尊贵客人,总是想着要帮手。于是山居之中,推辞之声便不绝于耳。

又过了一会儿,正当老张头要去场院鸡窝中捉鸡来杀时,却有几个城里伙计挑着食盒上门,说是稻香楼的刘老板让他们送来的,请张堂主一家享用。

到了这天下午,张家小哥带了两个女孩回家过年的消息,便像长了翅膀一样传遍了整个马蹄山村。张氏一家向来都和邻里关系很好,富贵之后也不忘周济村里穷人,因此现在听说张家公子回来了,那些热心的山民便让自家婆娘抱着鸡鸭咸菜,上门送给张家。

不唯大人上门,那些村子里的小伢子,也来看张家哥哥带回来的两个大姐姐。

望着趴在门柱边朝自己好奇张望的小孩,琼容非常好客地请他们进屋来玩。等初始的胆怯认生过去,这群还穿着开裆裤的小伢便七嘴八舌地问起话来:"琼容姐姐,你真是小言哥哥的小妹妹吗?"

"是啊!"

竟然有人叫自己"姐姐"，琼容的脸上顿时笑开了花。

"可是，琼容姐姐，二丫怎么从来没见过你呢？"

提出这疑问的，是穿花棉袄、比琼容还矮一头的胖小囡。小妞儿奶声奶气地质疑道："我和我家哥哥，很早就在村子里认识了呀！"

听了她这可笑的问话，琼容想也不想就理直气壮地回答："二丫妹妹，因为姐姐是你们小言哥哥半路上捡来的呀！"

"这样吗？"听了琼容的回答，周围小孩们都有些半信半疑。

不过，胖乎乎的二丫却接受了这个答案："原来姐姐也和二丫一样！我问过我娘，二丫也是她从半路上捡来的！"

"这样啊！"听了二丫的话，周围顿时响起一片附和声。

只是在这片赞成声中，有个稍大的男孩却有异议："胖丫，你说得不对！我听我娘说，我是从我家房后的草垛里捡回来的！所以——"

男孩极为自信地说道："所以胖丫还有大家，都该是从我家后院草垛里捡来的！"

顿时，这话又在这群孩童中引起一片争论。

"真可爱呀！"

见到这群小孩七嘴八舌的争论，琼容心中却有些感慨："真是小孩子呀！想法就是这么古怪有趣！"

想至此处，琼容赶紧回身拿了一盒路上买来的糖果，分发给这群可爱的小孩子吃。

闲话略过，大概午饭后一个时辰，小言家门前忽然来了一个道童。只见青衣白袜的小道士进门见礼之后，便对小言躬身一揖，轻声说道："禀师叔，净云接得清河真人号令，请师叔前往后山思过崖，与真人一叙！"

第十四章
青山看遍，人间私语如雷

"这老头儿消息倒灵通！"

见小道童来请，小言也不耽搁，嘀咕了一句，便跟在净云小道童身后往马蹄山后山而去。琼容、雪宜此时则在里屋招呼那群小童，忙得不亦乐乎。小言暂时也就由她们去了。

此时的马蹄山，早已不是当年那副光秃秃、孤零零的小山丘气象。在蓦然崛起的仙家福地行走，只见脚下这条清净的山路，曲曲折折、蜿蜿蜒蜒，朝远处伸入山岚云雾，似乎永远没有尽头。山路右侧，是一道流水潺潺的沟壑，左边则是高耸的巨石山岩，块垒硬直，朝路中倾侧，直欲扑人而来。

虽然现在已是隆冬，但此时小言右边的山沟中，依然草木繁茂，碧绿青葱。交相错落的藤蔓枝条上面跳跃着娇小的山鸟，不时发出啾啾的鸣叫。藤架之下，又传出潺潺水声，应该是泉水在底下山沟中流过。身右那些嶙峋的山壁石岩间，则生长着一蓬蓬茎叶柔长的书带草。从旁边走过，那一丛丛带着山间冷露的草叶便不时拂上人面，让人感到一阵清凉酥痒。

在山径中行走时，看到这一派生机勃勃的气象，小言忍不住跟净云赞叹福地马蹄山真应了那句"山中无四季，福地长春时"。

就这样行行走走，在山间白云中几进几出，小言与净云二人终于来到清河老道所约的后山。等到了后山思过崖，净云便作了个揖，说了句"两位师叔谈玄论道，晚辈便不打扰了"，然后便转身离去。

净云走后，小言朝前观看，果然发现在前面不远处连绵的山嶂石崖之下，若有若无的山雾中傲立着一人。此时山间云岚渐起，那人袍袖飘拂，在云雾中若隐若现，倒还真像位神仙中人。

"这老头儿在弄什么玄虚？"

嘀咕一声，小言便迈步朝那人站立之处走去。还没走到近前，老道人听得脚步声，便转过身来，跟小言打招呼："哈！小言你真有心，记得回来看我这把老骨头了！"

"哈哈！"一年多后，小言见了清河老道，也是忍俊不禁，哈哈笑道，"我说清河老道，你也真是没变！"

此时清河老道虽然一身峨冠博带，但那张老脸上一副嬉皮神色，正在朝小言挤眉弄眼。

"清河真人，别来无恙啊！"

到得跟前，小言装模作样地打躬作揖，跟前辈真人见礼。

见他打趣，清河老道脸色一肃，一本正经地说道："无恙，无恙！看张堂主脸色，一脸喜气，也是好事近了吧？"

"呃？"听得这话，小言便知不妙，知道这老头儿又要取笑自己。

果不其然，接下来清河老道立即松了一脸面皮，嘿嘿笑道："呵呵，堂主归来，合山轰动，都说你带回两个女娃儿，模样长得不赖，说话间就要请我帮忙挑个黄道吉日，让你拜堂成亲……"

"好说好说！"小言已经认识这老头儿多年，知道他浑没个正经，也不当真，随便应了一声，截住话头问道，"清河老头儿，上次罗浮山一别，不知这一

年多来你在马蹄山生意如何?"

此言一出,似恰说到老道痛处,清河老道脸上立即神色一黯,痛心疾首说道:"唉!声名累人,声名累人哇!你看——"

说话间,这位上清宫马蹄别院院长,将宽袍大袖一拂,跟小言诉苦道:"自从老道当了这劳什子院长,顶了这副衣冠,便再也不好意思下山去赚那些外快了。以至于现在,腹中酒虫动了,只好去你家蹭酒。亏得张老哥人好,到今天都不嫌弃!"

"哈!"清河老道馋酒的事,今天中午家常饭席上,小言倒也略略听说了。

不过,还没来得及嘲笑,小言似乎想起什么,面容一肃,忽然恭恭敬敬地跟清河老道躬身一揖,认真说道:"小言少年远游,还要多谢前辈照拂二老之恩!"

"哈……这臭小子,当年就提携你一起赚银钱,谁料到今天才记得谢我!"

见小言如此郑重,老道却挤挤眼,在那儿装糊涂。

见他如此,小言却似早已料到,只是微微一笑,不再多言。

方才他作礼感激,其实全是因为今天中午席间听爹爹说,清河道长曾帮他家吓退一个恶霸。

原来,小言被朝廷封了中散大夫,赐下的百亩稻田就分派在饶州城外。这本是好事,并且马蹄山张家之名早已在饶州传遍,照理说不会有什么麻烦事。但不凑巧,偏偏有个外来的富户,为人蛮横,对此事并不知根知底,又仗着在朝中有个八竿子打不着的当官亲戚,便不把此地乡民放在眼里。

这外来的富户,在饶州城外也买了几十亩田地,恰好在小言家的稻田边。小言家的水稻田地,乃官家亲赐,太守又知道底细,自然拨的是饶州最肥沃的上等良田。因此,依着富户本性,自然少不得在耕田犁地时,指使家中佃户渐渐往小言家田亩中侵扰。一垄两垄，初得陇复又望蜀，再加上两家田亩交界甚长，一两季下来，竟然有七八亩良田落入他手。

按当时世理，对庄稼人来说，侵占田亩之事，几乎和抢老婆一样严重。但老张头毕竟憨厚，见有恶霸欺凌，初时也不敢交涉。忠厚山民老张头只想着，毕竟别人家已用下稻种，好歹等别人收割了再跟他们理论。谁知，等稻子一割，老张头再去跟富户一说，却只得了恐吓。为富不仁之徒，不仅不愿将侵占的田亩交还，反而还生出许多歪理，想要拿自家几亩贫瘠田地，换老张头更多良田。见富户如此蛮横，老张头心眼儿实，又不善言辞，自然郁闷而返。

不过，也合该那富户晦气。那之后没过几日，清河老道便来张家喝酒，对饮之时偶尔听老张头诉苦几句，顿时勃然大怒，酒也顾不得喝，站起来便说要去跟富户拼命。见他酒气熏天，老张头吓了一跳，想将他拦住，谁知手一滑，酒意盎然的清河老道竟摇摇晃晃奔去。

接下来，到得富户地头，上清宫别院院长便一阵破口大骂，高声大嗓地跟那富户叫阵。才骂得两句，富户场院中的打手便蜂拥而出，喝骂着要来教训这个不知天高地厚的糟老头子——清河老道平日本就衣冠不整，胡子拉碴，那天又喝得东倒西歪，自然不被人放在眼里，见有软柿子可捏，哪个不争先？

谁知，这些奋勇向前的恶棍打手刚冲到半路，便被那清河老道施出一招旋风扫堂腿，唰唰两声飞出脚上两只草鞋，隔空打个正着。那草鞋，自从脱离老道双脚，便迎风越晃越大，初如箕斗，渐成磨盘。等到了那些打手跟前，两只破草鞋已变得跟两座小山一般大，遮天蔽日，飞撒着老头儿脚底的灰尘泥土，朝恶仆打手们泰山压顶般轰去！

接下来的事儿不用多言，总之那富户此后逢年过节，必来小言家送礼赔罪。刚才小言跟老道士作礼言谢，正是为谢过此事。

谢过之后，见清河老道装聋作哑，小言便忍不住望着远处无尽的青山，悠悠说道："唉，清河你也真是，我们道家人，应该清净无为才是。那打打杀杀，始终是不该的……"

"哼哼！"听小言这么说，清河老道终于忍不住，气呼呼道，"好个臭小子，居然还说风凉话！那我问你，换了你该怎么样？"

"唉，换了我——"见清河老道着急，小言忽然哈哈大笑道，"换了我？自然要仗剑上门，让这些欺凌百姓的恶霸从此'清净无为'！"

"咳咳……"清河老道仿佛忽然被水呛了一下。

此事告一段落，小言忽又想起一事，便问道："清河老头儿，你怎么想起约我在思过崖见面？奇怪，怎么那年我走时，不知道马蹄山有什么思过崖？"

"这个——"迟疑了一下，清河老道呵呵一笑道，"其实这思过崖，是我后来设立的，供我门中犯了过错的弟子闲步散心用的。此地风景不错，咱爷儿俩又一年多没见，自然要寻个风景佳处郑重相见！"

"哦？真的？"从清河老道口中认真说出来的话，小言总是有些半信半疑，便朝四下望去。

此时山雾渐去，小言这才看清，原来他和清河老道正站在半山间伸出的一座天然石台上，远远看着就在清河近前的山嶂石崖，离此地其实还隔着一段距离。

从石台上望去，对面连片的山崖峻秀雄奇，顶天立地的石壁线条刚柔相济，鬼斧神工，十分毓秀钟灵。与一路看到的山景相比，眼前这石壁山崖，确实颇有可观之处。

在东边这座接天矗立的天然画屏之南，青石壁间又有一道瀑布飞流直下，飞珠溅玉，落在瀑底水潭的青石上，摔碎成千万点，不时腾起一阵阵雪白的烟雾。此时恰有一缕阳光从身后照来,瀑布腾起的水雾中,便隐隐有一道绚丽的彩虹。

眼前从南到北的山崖石壁上,藤萝蔓生,青翠碧绿,处处垂蔓如绦,白色的山鸟与褐色的野猴,一起在悬空的藤萝中飞掠跳跃,为如画的山屏又增添了几分灵动的生气。

见得这副动静皆宜的出尘气象,饶是小言见多识广,也忍不住大加赞叹。听小言赞扬自己发掘的景点,清河老道也忍不住喜形于色,大为得意。

正在这时,一阵山风吹来,小言听得隐隐有一阵嘈杂声顺风传来。

"老道,怎么这清幽之所,还有人语喧哗?"

虽然顺风而来的人语声并不响亮,但落在听觉敏锐的四海堂堂主耳中,还是清晰可闻。听小言这般问,清河老道脸上闪过一抹尴尬神色,然后又神色如常,伸手拍拍脑袋,好似现在才想起一事来。

"对了,小言,我还没带你在思过崖四处走走。你且随我来。"

马蹄山的清河真人,这时就像个带人游玩的向导,跟小言喋喋不休地说道:"我们顺着石阶,下了观景台,便来到马蹄山思过崖中风景最好看的山谷谷底。"

"呀,这儿还有石阶。"直到这时小言才发现,原来脚下这半山伸出的天然石台旁边还凿着一条石径,盘旋向下,通到下面的山崖谷底。拾级而下,到得山谷底部,小言这才发现,刚才的石台在头顶翼然凌空,底下则别有洞天。刚才的人语喧哗,正是从此处传来。

此刻,在这片山间溪谷间,正有十数位士子打扮的游人摇头晃脑,吟诗作对。

看起来,这群文人书生正在仿效古人曲水流觞的雅事,在那儿饮酒作诗。思过崖底部的山泉溪水,从南面半亩瀑布水潭而来,在一片南高北低的浑圆青石中潺潺流过,碰到北边一处石壁,又盘桓而回,从另一路流回,正好环转成渠。眼前这群文人墨客,便拿木碗注上水酒,放到潺潺流溪中,漂到谁身前,谁便探手取出,吟诗一首。

也许是因为此地清幽,又有曲水流觞助兴,小言听得一阵,发觉这些人正文思泉涌,诗意勃发。

听了一些时,小言忽见其中有一人似得了佳句,被周围文友一番赞扬,便欣欣然走到一旁,从袖中掏出一串铜钱,递给旁边那位侍立的小道童,然后从道童手中拿过一支石笔,一手持杯喝酒,一手执笔挥毫,在光洁如镜的白石壁上刻画起来。

"这是……"见此情形,小言颇觉奇怪,便问旁边清河老道是怎么回事。

见小言相问,清河老道得意一笑,捻须说道:"小言有所不知,这些读书士人,喜欢我道家名山福地,常来游玩。老道怜他们路远,酒水食盒携带不便,就在入山口处售卖酒水食物,省得他们辛劳提携之苦。他们在清幽山景中,自然会诗兴勃发,吟诗作赋。若得了佳句,便愿意在旁边石壁刻下,说不定千载之后,也有后人前来观看。因此,我便费了些辛苦,用道法特制了石笔,方便他们在石头上写画——"

"那为什么要交钱?"

"交钱? 那是当然!"清河老道理直气壮地说道,"我道家天然石壁,若是刻上腐句酸文,岂不大煞风景? 这些游客,若想刻下诗文,可要深思熟虑想清楚,因为刻一字就要五十文! 而若是刻下诸如'竹溪李生到此一游'之类的,一字则要罚二两银钱!"

"妙哉妙哉!"听得清河老道之言,小言立即拍手大笑,赞道,"妙哉! 一字五十文,一首短诗几近一两,则不会太贱,以至于满壁冗文;又不会太贵,让这些士子文人不愿出钱。真是巧妙至极!"

说罢,这俩当年走街串巷合作赚钱的老搭档,相视嘿嘿一笑,十分投契。

吹捧一阵,清河老道脸上却忽现愁色,愁道:"小言老弟,虽然这法子'损有余而补不足',颇能周济穷苦。只是一年多下来,我上清宫马蹄别院在饶州城中施粥送衣,原本穷苦之人得了救济,都去做正当营生了,以至于现在赚的这些银两花不出去,我又不能私下拿来买酒喝,想想真是烦人!"

听了这话,小言此时也不禁真心佩服起清河老道的慈善心肠来,略想了想,便给他出主意:"老道,你这眼光何其窄也!饶州一处周济完,不妨再去其他州县设粥场,比如左近的鄱阳、星子县城……"

"对对!"一语惊醒梦中人,清河老道茅塞顿开,眼前一亮,脱口附和道,"鄱阳、星子县城,还有石南、石北县城,都可以周济到!"

说话时清河老道手舞足蹈,两眼目视南方,眼光穿过山谷望向远处天地,显是志向十分远大。

正当他有些忘乎所以之时,却又听小言诧异问话:"咦?老道,那又是啥?"

原来小言无意中顺着清河老道的目光向南望去,只见瀑布附近有块一人多高的白石,光洁的石面上写着三个红赭漆粉嵌成的大字:思过崖。

笔力颇为雄壮奇拔。

这倒没啥出奇,只是石碑旁边,有个书生正在摆摊卖画。画摊左右各挑着一副布联,上面各写着一句话:

静坐常思己过,

一日三省吾身。

在书生面前的小木桌上,纸笔碗碟俱全,还用卵石镇纸压着一叠洁白的

画纸。

"此地怎会有画匠摆摊?"听得小言发问,清河老道一笑,告诉他:"小言你是说那个李书呆?他啊,也是饶州城人,从小一心读书,只想取个功名。只是他为人有些迂腐,读书也不开窍,积年累月也没读出多少出息,却把家底败光了,真是一贫如洗,弄得他的糟糠之妻都快要将他这结发相公休弃了。老道在城中云游,看他可怜,又知他丹青还不错,便请他来思过崖石碑旁给人画肖像,也能赚上俩钱,好歹能养活妻儿。"

"哦,原来如此!"小言原本也有过没钱的时候,听了清河老道之言,正是感同身受,感叹几声。

二人正说话时,便见正在看书的李书呆已有生意上门。一个衣冠楚楚的书生跟友朋酬答完毕,站起身来,摇摇摆摆踱过去,叫了声"李兄",便挺胸凸肚地立在那块思过石碑旁,请李书呆给他画像。

"怎么样?要不要也去画一张?李书呆的画工还是不错的。"清河老道见小言呆呆看着那边,还以为他眼热,便拍着胸脯保证,"我跟画摊主人熟,你若想照顾他生意,我替你说说,保证能打个八折!"

只是,清河老道极为热络地替那个书呆子招揽生意,小言却仿佛全没听见他说话,仍是怔怔出神,直到清河老道拿手在他眼前晃了晃,小言方如梦初醒。

"奇怪——"神色恢复正常的小言突然冒出这句没头没脑的话,然后便跟清河老道说道,"我说老道,我在罗浮山上清宫当了一年多的闲差,对掌门真人灵虚子的为人也颇为了解。依我看来,你这副脾性,正该对他胃口,当年你怎么会被他赶下山来,只来这僻远市集中当个跑腿的道人?"

"这个嘛……"

清河老道闻言,正要辩解,却听小言继续说道:"还有,老道你当年传我的炼神化虚之法，起初我以为是你在耍我玩，拿瞎话诳我，但这两年多来，我这当年的市井小哥儿，读经多了，见识广了，觉得炼神化虚虽短短的两篇，实是博大精深，隐隐竟含天地至理。"

说到此处，小言转过身来，一双乌黑明亮的眼睛紧紧盯着嬉皮笑脸的清河老道，认真问道："老道，小言跟你相识这么多年，现在又同列上清宫门墙，这两年多来，你也渐渐得了掌门谅解，独自执掌偌大一座山场，所以我想问，清河真人——"

说到这儿小言已换了称呼，郑重问道："到得今日，真人您能否告诉我此事的来龙去脉？"

"这……"见小言如此认真发问，清河老道也敛去了一脸嬉笑。

凝视小言半晌，又沉默片刻之后，清河老道忽然松了口气，开口说道："也好，到今日，此事也该让你知晓了。你且随我来。"

说得一声，清河老道便转身而行，在前面袍带飘摇地带路，重又朝刚才的观景石台登去。

等两人重又回到观景台上，清河老道伫立在石台最南边缘，一时并未说话，立在观景台上的小言身边，似乎只剩下天声人语，鸟鸣猿啼。

此刻，清河老道两眼盯着南边山屏中透进的清亮天光，神色悠然，仿佛已陷入久远悠长的回忆。沉思之时，偶有一缕山风吹来，到了清河身前，被他伸出手去，约略一旋，那缕桀骜不驯的浩荡山风，便忽然变得乖巧温柔，在他指间旋转成柔弱的风息，然后被轻轻一拨，发放回绿水青山中去。

此际此时，清河老道表面上似乎依然是那个恬淡无忌的老头儿，但站在他身后，看他宽袍大袖被山风鼓荡飘扬，小言便清楚地感觉到，此时站在自己面前的这个人，已和前一刻完全不一样。

似乎，这清河老道掩藏半生的另一面，直到此刻才完全展示在自己

面前。

又过了一会儿,清河老道才仿佛从悠远的回忆中清醒过来,回转身形,对着一直静待的小言轻声说道:"'道可道,非常道;名可名,非常名。'小言你可知这几句话是从哪本典籍中来的?"

"《道德经》!"

清河老道诵出的这几句话,小言当然熟得不能再熟。自小在书塾中便读过,灵虚掌门又曾告诉他,上清宫绝术天地往生劫也要从《道德经》中悟得,故而这本道家经典他简直倒背如流。只是,见清河老道这样问出,小言脱口回答后,反倒有些迟疑起来:"清河老头儿为什么要问这个? 这问题真这么简单吗?"

正在犹疑时,却见清河老道点点头,说道:"不错,这正是我三清教主所著《道德经》中的头一句话。只是,这部经书中,还有这么几句话:'人法地,地法天,天法道,道法自然!'三清教主说,我等凡人,若想要修得自然天道,便要法地、法天、法道、法自然。只是小言你可知道,我们这些凡夫俗子,究竟该如何才能去法地、法天、法道,乃至法自然?"

"这个……弟子不知。"

此时悠然说话的清河老道,淡然言语间却似有一股说不出的气势,以至于原本相熟的小言不自觉便用了门中敬语。只是刚刚回答,却见清河老道淡淡一笑,然后口吐数言,于是那番惊世骇俗、前所未闻的话语,便在山风中悠然传来:"不,小言,其实你已经知道了。你手中炼神化虚二篇,正是当年三清教主传下的天地自然之法。若能修成,便可窥得天地之理、自然之道,便可无药而长生……"

说到此处,清河老道那缕追随风尾传入小言耳中的话语,虽然依旧恬淡轻悠,但听在小言耳中,已变得有如九天雷鸣:"唉,坊间传刻、妇孺皆知的

《道德经》，原本便该叫《道德法经》才对……"

"呀……"倏忽间，小言觉得眼前重叠的青山，突然间活动起来，和清河老道平淡的笑容一起，化身为汹涌奔腾的万马，一齐朝自己眼前逼来！

第十五章
月皎风清，重醉旧时风景

"今人惯知的《道德经》，只不过是将三清教主的书简删去了炼神化虚篇而已。"

刚听得清河这句声音不大的话语，小言却一时蒙住。过了许久，他才重又清醒。清河老道说的若是其他少见的典籍，恐怕他也不会如此震惊，但老子的《道德经》却是自古流传，街知巷闻的。现在突然知道《道德经》竟还有第三篇，如何不让他吃惊？

愣怔良久，等嗡嗡作响的脑袋重新平静，小言才满腹怀疑地问清河老道："那为什么千百年流传下来，《道德经》只有道、德二篇？从来都没听说过有什么法经！"

见小言质疑，刚说出惊天动地之语的清河老道，似乎早已料到他会有这番反应，好整以暇地捻须答道："此事说来话长，我被贬谪，也与此事大有干系。"

直到这时，清河老道终于第一次在小言面前承认，他来饶州不是什么入世修行，而是真的犯错被贬。

只听他说道："其实小言你可知道，三清教主化身道德圣人，遗下的《道德经》手稿卷册就藏在罗浮山?"

"哦? 是吗!"到了此时,再听到这些前所未闻的话,小言已不似刚开始那般惊奇。

"是啊!"山风之中,清河老道继续说道,"老子在湘竹上手刻的道德真经,名为上清简,就收藏在罗浮山飞云顶的天一阁中。上清宫之名,其实就是从这道门至宝而来!"

"呀!"听到这儿,机敏的小言立即联想起一些事情,失声叫道,"难道,难道老道你烧了那三清教主的手稿?"

"是啊!"到得今日,终于可以将深埋心底数十年的秘密说出来,原本脸色淡然的清河老道,也禁不住变得神色激动、脸色苍白,颤抖着嘴唇说道,"想我清河,当年是何样威风? 上清掌门首徒,丰神潇洒,道法双绝,连着三届在嘉元会上独占鳌头——当年的'上清狂徒',那是何等威仪! 唉! 只可惜……"说到这儿,清河老道幽幽地叹了口气,"可惜到如今,只有我这样貌身形神采不逊当年,而其他的都变了……"

"哈!"正经着说到现在,到此终于故态复萌,清河老道重又变回小言熟识的那个嬉笑怒骂的老头儿。不过他虽然打趣,但所述内容仍是让小言动容。

"老道那时年不过三十,便领了天一阁首席之位,那是何等荣耀! 只是有次醉酒之后……"

"烧了《道德经》原稿?"

"是啊! 所以后来才被贬到饶州小城。不过当年事体,今日说与你一人得知——"

这次清河老道倒没卖关子,朝四下望了望,又闭目凝神仔细听了听,确知周围没人能听到他们谈话,便压低嗓门继续说道:"上清简上面所记,也不过是当下流传的《道德经》经文而已。虽然字迹古雅幽重,但在我们这些熟读道家典籍的上清宫弟子眼里,竹简上面所书内容,早已见得惯熟,没什么新奇。只是,有次我在藏经阁中巡视,偶然动起心思去看上清简,却在最末发现它比寻常经文多出一行字——'欲究天人至理,穷自然大道,可将此简烧掉'!"

"啊?"初闻此言,小言一惊,但随后就脱口说道,"难道炼神化虚篇,须烧了上清简才能看到?"

"是啊。"听了小言之言,清河老道赞许地看了他一眼,说道,"这道理其实说得挺明白,最末这行字写得挺大,和前面笔迹也一样。想来历代掌门长老,已不知看过多少回。

"只是,三清教主手书流传下来的竹简,乃是道门一等一的宝贝,谁敢因为这行字,就把竹简一把火烧掉?何况道门之祖是何等人物,他又怎会像寻常江湖人那样,行下这样的无聊手段?万一只是句祖师戏言,试一下后辈弟子的尊崇之心,要是真依言烧掉,说不定立马大祸降临,那也不是没有可能。再者,即使没有天罚,光烧毁祖师手稿一事,就足够为千夫所指了!"

"是的,确是这样!"

听得清河老道分析,小言琢磨了一下,觉得确是此理。只不过,清河老道接下来一番话却让小言大开眼界:"我上清门中历代掌门,也大抵都这么认为。只是到了当前一脉,我师父灵虚掌门,并不这么认为。"

"呃?"

"嗯,自从我发现那行字迹,后来有一次跟灵虚掌门随便说起,想不到他却大为认真,当即便跟我说,其实他也早就将这事记在心里,思前想后,考虑过很久。现在既然我提起,他便有一事跟我相求。"

"求你烧掉竹简?"

"对啊。"

"哦……明白了！"

虽然清河老道还未言明，但小言已大致明白是怎么回事了。

接下来，自然是本就有几分狂性的上清首徒依着掌门恩师之言，偷出经卷，找个没人的地方从容烧掉上清简，望空记下炼神化虚二篇，然后又被人发现他酩酊大醉，身旁残留一堆竹简。犹有几分余温的酒壶底下，则余着一堆黑灰……

想到这里，小言恍然大悟，跟清河老道说道："是了！正因掌门要跟你做这一场戏，所以才要坚决罚你！这样一来，门中其他长老，反而不会怀疑你们师徒串通，还会不停劝掌门平息怒气。毕竟《道德经》经文，早已流传下来。上清简虽然珍贵，但既然已被烧掉，那就是定数，上清宫中豁达道者居多，反不会太过计较。更何况，道门圣物在本门中毁去，追究起来上清宫难脱干系，自然更要三缄其口。如此，原本力主严惩你的灵虚掌门，日后想要再将你起复，遇到的阻力就会极小！

"哈哈，说不定正是如此！"

清河老道闻言一阵张狂大笑："哈哈！不愧是我老道亲自挑选的《道德经》传人，这眼光，果然不差！"

"呵！"听了清河老道这话，小言倒真想起一事来，便问道，"老道，认真问一句，当初你为啥专将经文传我？为什么你自己不练？莫非，真是因为你看出我大有向道之心？……哈！"

说到这儿，再回想自己当年热衷拜师学道只是为求温饱的真实动机，小言自己都忍不住笑了起来。

见他发笑，清河老道也跟着哈哈大笑起来，挤眉弄眼地说道："当然当然，当初正是看出张家小哥向道之心甚坚，才——不过，"清河老道忽然话锋一转，正经说道，"不过你可曾记得，有一次你跟我说过，有一晚你在自家祖山白石上遭逢奇遇？"

"是啊！"经清河老道一提醒，小言这才想起一些前尘往事，便恨恨地说道，"那次你好像还嘲讽我，说我呆傻来着！"

"呃……有吗？其实老道一向忠厚老实，可能是你记错了。"清河老道眨眨眼睛，一脸无辜，顿了顿又说道，"其实那次以后，我就发现你身上已经满蕴灵机，说不定能练就祖师传下的炼神化虚之法……"

"哦？"

这老头儿，果然和他走街串巷做生意时一样，外憨实猾！只见他得意地说道："老道那时虽然法力被禁锢，但眼光仍然了得！当时我一眼便看出，你头上神光盈尺，身周清气缭绕，定是有了不凡遭遇！听了你后来零零落落所述经过，老道我越发肯定，小言你一定是得了马蹄山蕴藏的仙山灵机。"

说到此处，清河老道言语又有些缥缈起来："其实，仙家福地马蹄山，不知几世几岁上竟晦隐山形，缩埋地底，这也是玄门一大悬案。也不知是何缘故，或是被哪位神人施了法，典籍记载的福地马蹄山，竟能掩盖所有灵气仙机。

"只是历经几百上千年后，福地洞天蕴含的庞大灵机，总是要应时而出的。本来灵虚掌门卜卦算出，饶州马蹄仙山本应更早出世，但人算不如天算，居然被你半路杀出，上应了天星月华之力，吸去许多仙机菁华，生生往后拖了几个月，才得破土而出！"

"噢！原来如此！"小言闻言，恍然大悟。

清河老道接着又道："炼神化虚二篇，我早已看过不知几百遍，都能倒背如流，却怎么也练不成。那时忽看你神光蕴然，便想着不妨死马当活马医……"

"……"听清河老道揶揄，小言却没反击，而是在心中恍然想道，"怪不得在罗浮山上，灵虚掌门处处对我这个新晋弟子另眼相看！"

虽然清河老道瞒到今天才让他知道内情，小言心中却丝毫没有埋怨。毕竟，此事事关重大，若是随便泄露，不仅清河老道会倒霉，更会连累他那位同样不拘小节的掌门恩师。一个不小心，说不定这俩师徒便会被天下道门同声唾弃。而小言想想，他自己原本只不过是一介市井小厮，能得到这样的机缘，混到今天这样，更应感恩才是，又怎能有丝毫怨言？

因此略想了想，小言便躬身一揖，跟清河真人诚恳道谢。

见他谢礼，原本放浪形骸、不拘小节的清河老道，挺身而立，坦然受了他这一拜。

只是，当小言直起身来时，只见眼前这位洒脱不羁的上清狂徒，忽然也学样弯腰躬身一揖，然后神色庄重地说道："四海堂堂主，今日老道却也有一事相求。"

"咳咳！和我这后辈干吗这么客气！有什么事，老道你尽管说！"

"好！是这样……"

清河老道一番言语，原是想让小言传授他炼神化虚的心得。

清河老道这样要求，自然合情合理，小言当即一口应承。只是，正当清河老道闻言四下飞奔，殷勤为小言寻找合适落坐的山石时，忽然只觉一阵狂风袭来，转眼就将他整个人抛向天边！

"这是？"在这阵腾云驾雾般的飞抛中，上清首徒头晕目眩之余，隐约看到底下的小言正负手而立，瞑目从容，宛如睡着。

不是在捉弄老道吧？

"哎呀！"正这么想着，清河老道突然觉得，自那些在眼前不断变幻飞旋的青山石岩中，猛然吹来数百道庞大无比的风息气机，有如大江长河，朝自己一泻奔来！

清河老道本就被狂风吹起的身躯，置身于这样强大无匹的清气灵机中，顿时自己就好似变成了一个落水的孩童，在凶猛的漩涡中回旋挣扎；又好像一片树叶刚被无情的秋风吹起，身不由己，翻转无定，在轰然而来的气机中不住飘零。

这时，若是有谁的眼力好到能看清高空中那个有如飞鸟落叶的老道，便会发现成百数千道强大的风每到老道身边，并不贯体而入，而是揉转一下便擦身而过，朝无尽的远方飞去，直至飞散无形。

"师伯!"

清河老道这一情形，自然落在附近那些上清宫弟子眼里。顿时，便有不少在半山腰采药砍柴的弟子脱口惊叫。这一情形，那些正在思过崖山谷中往来酬唱的游客，自然也都看到了。一时间这些文人士子惊惧交加，不知如何是好。

只是，附近这些人发现之后，还没想到该做出怎样的反应时，却见抛飞半空、看似凶险非常的老道，剧烈动荡的身形突然放缓，渐渐便好像被一只无形的巨手托着，逐渐飘然落地。见清河老道安然无恙，附近之人才知观景台上二人只不过是在考较道法，便都把一颗心放下，赞叹几声，继续做自己的事去了。

刚在九天云雾里转过一遭的清河老道被云气托回地上，还没等站稳，便急吼吼地开口问道："小言! 刚才弄的什么玄虚？你还没跟我讲解如何炼神化虚呢!"

见清河老道一脸急切模样，小言却一时并不答话，只是嬉笑不语。

一直等到清河老道急得抓耳挠腮之时，小言才慢慢说道："清河老道，你刚说过，'道可道，非常道；名可名，非常名'。此等祖师传下的至理，若能说出来，便不是大道了。"

"这……"清河老道闻言，一时哑口，过得片刻，才喃喃说道，"是，是啊……炼神化虚篇，我不是早已背得滚瓜烂熟，想得两眼发晕吗？此时又何须你再多言语。"

蛰伏多年的清河老道，沉默下来，开始仔细回味刚才磅礴无匹的天地灵机汹涌而来时的玄妙感觉。想得一时，若有所悟，想要开口言说，话到嘴边，却只是大笑不止。

小言同样大笑，道："那就去我家喝酒！"

清河老道一样欣喜："好好好！喝酒喝酒！"

一老一少这番闲话完毕，踏上归途时，已是晓月东升，暮色初起。

洁净的山月，朝这座寂静山场中投下皎洁的月华。带着些凉意的山风从旁边的山沟中吹来，将二人的衣襟飘飘吹起。行走之时，若是树木稀少之处，脚下的山路便一片洁白，仿佛一条素白的缟带伸展入远处的山石；若是树木参天之处，则小言与清河老道的肩上便落下斑驳的月影，图案细碎迷离。

行到半路，清河老道兴致忽来，放声歌唱道：

> 十年踪迹走红尘，
>
> 回首青山入梦频。
>
> 携取仙书归市隐，
>
> 春花秋酒一般亲。

歌声苍然，惊飞数只山鸟。

不知何故，清河老道这简单的歌曲唱词，落在小言耳里，却觉得无限悲凉。往日傲对青山不可一世的道门骄子，混迹于贩夫走卒中二三十年，那番忍辱负重,若是细细想来,真是动魄惊心。看着前面那个落寞的背影,听着沧桑旷达的山歌余音,一时间小言竟鼻子一酸,差点潸然泪下。

这样行行走走,歌歌唱唱,没多久便已看到自家的山房。在一片月白风清中,小言看得分明,在如水月色里,有两个女孩正等他归来……

图书在版编目(CIP)数据

四海为仙8：喋血老树妖 / 管平潮著 . —杭州：
浙江文艺出版社，2021.8
ISBN 978-7-5339-6545-7

Ⅰ. ①四… Ⅱ. ①管… Ⅲ. ①长篇小说—中国—当代
Ⅳ. ①I247.5

中国版本图书馆 CIP 数据核字（2021）第 121106 号

选题策划 关俊红
责任编辑 张 雯
营销编辑 宋佳音
封面设计 仙境 WONDERLAND Book design
版式设计 吴 瑕
封面绘图 谭明-ming
内文绘图 南宫阁
责任印制 张丽敏

四海为仙8：喋血老树妖

管平潮 著

出版 浙江文艺出版社
地址 杭州市体育场路347号
邮编 310006
电话 0571-85176953（总编办）
　　 0571-85152727（市场部）
制版 浙江新华图文制作有限公司
印刷 杭州杭新印务有限公司
开本 710毫米×1000毫米　1/16
字数 128千字
印张 10
插页 2
版次 2021年8月第1版
印次 2021年8月第1次印刷
书号 ISBN 978-7-5339-6545-7
定价 39.00元